Kerstin Hensel

Das verspielte Papier

Kerstin Hensel

Das verspielte Papier

Über starke, schwache und
vollkommen mißlungene Gedichte

Luchterhand

MIX
Papier aus verantwortungsvollen Quellen
FSC® C014496

Verlagsgruppe Random House FSC® N001967
Das für dieses Buch verwendete FSC®-zertifizierte Papier
Super Snowbright liefert Hellefoss AS, Hokksund, Norwegen.

Satz: Uhl + Massopust, Aalen
Druck und Bindung: GGP Media GmbH, Pößneck

Printed in Germany.
ISBN 978-3-630-87433-3

Wodurch gibt sich der Genius kund?
Wodurch sich der Schöpfer
Kund gibt in der Natur, in dem unendlichen All.
Klar ist der Aether und doch von unermeßlicher Tiefe;
Offen dem Aug, dem Verstand bleibt er doch ewig geheim.

(Friedrich Schiller)

Und schneller drehn sich in der Welt die Dinge
Um die es, ginge es um noch was, ginge.

(Rainer Kirsch)

für Rolf (1935–2013)

VORWORT

Der Plan zu diesem Buch entstand nach jahrzehntelanger Beschäftigung mit Lyrik. Sowohl als Verfasserin von Gedichten, als auch als Leiterin von Schreibwerkstätten, Schuldiskussionen, Lehrerfortbildungsseminaren und als Poetikdozentin an Universitäten und Hochschulen habe ich die Erfahrung gemacht, daß vielen Leuten, selbst wenn sie mit Lyrik sympathisieren, deren Wesenskern, der Zusammenhang von Komposition und Wirkung verschlossen bleibt. Stets verharren die gleichen Fragen im Raum: Was ist eigentlich ein Gedicht? Wie unterscheidet man ein gutes von einem schlechten? Was braucht man zum Lyriklesen und -schreiben?

Gedichte gelten in unserem Land als schwierig. Alles was schwierig ist, sortiert der Markt aus, denn es verkauft sich nicht. Oder der Markt definiert, wechselnder Mode folgend, Seichtes zu Tiefsinn bzw. Tiefsinn zu Seichtem um und vertreibt es als Ramsch. Gedichte sind Kunstwerke. Sie dürfen schwierig sein. Autor und Leser kommen nicht umhin, das poetische Handwerkszeug zu kennen und, sich an der Wirklichkeit reibend, eigenständig denkend und empfindend mit dem Kunstwerk auseinanderzusetzen. Das ist Arbeit. Das Ignorieren aller Gesetze ist keine Arbeit, zumindest wenn man die Gesetze nicht kennt. Beim Lyrikschreiben und -lesen sollte man sich also als Erstes die Frage stellen: Was will ich vom anderen, was von der Welt? Möchte ich simplen Spaß haben? dem Kitsch und Klamauk frönen? oder will ich etwas erkennen, begreifen und radikal anders sehen?

Es scheint jedoch, daß im Zeitalter der Globalisierung, (Multi)Medialisierung und Popkultur in beinahe allen Künsten allgemeingültige Maßstäbe verloren gegangen sind. Inhaltliche und formale Begrenzungen, die eine produktive Freiheit erwirken – soetwas empfinden heutige Markt- und Meinungsführer wie einen Keulenschlag aus der Steinzeit. Stattdessen gibt es die Maßgabe, jegliche Form zu ignorieren, jegliche Wahrnehmung zu relativieren. Einsichten, Erkenntnisse, gar Festlegungen gelten im gegenwärtigen Kunstbetrieb als altbacken-diktatorisch und werden oft mit großem theoretischem Brimborium für tot erklärt. Alles heißt es, ist möglich, also gleichermaßen gültig wie ungültig. So behauptet jeder, der künstlerisch tätig ist, ganz er selbst und frei zu sein. Das täuscht. Jemand, dessen Lyrikverständnis sich auf Urgroßmutters Poesiealbum gründet und keinen Schritt weiter geht, ist genausowenig frei, wie jemand, der im postmodernen Textspektakel die alleinige Berechtigung des Zeitgemäßen sieht. Da sich ständig alles zu wandeln scheint, glauben viele Lyriker, an ihrem Dahingeschriebenen nicht mehr arbeiten zu müssen. Das Sehen offenen Auges, das Finden einer Idee, die Suche nach passenden Worten, das Bemühen um den richtigen Ausdruck – alles mühseliges Zeug zum Abgewöhnen?

Das verspielte Papier will weder eine neuartige Poetik, noch ein Nachschlagwerk der Lyrikgeschichte und schon gar nicht eine Abrechnung mit dem Kunst- und Kulturbetrieb sein. Das Buch versteht sich als Einladung zur lustvollen und kritischen Auseinandersetzung mit Dichtkunst. Es ist gedacht für Schüler, Eltern, Lehrer, Studenten, Zirkelleiter, Schreibanfänger, Hobbydichter, Lyrikliebhaber und alle, die bereit sind für eine Entdeckungsreise ins Reich der Poesie.

Ich bin mir der Gefahren bewußt, die eine mehr oder weniger didaktische Handreichung über den Umgang mit Lyrik mit sich bringt, weil ich die Schwierigkeiten von Verführung und Abweisung von Texten kenne. Bei der Auseinandersetzung mit zeitgenössischer Lyrik bin ich, wie fast alle, die sich damit beschäftigen, befangen. Viele meiner Kollegen, auch Literaturtheoretiker, würden so ein Buch anders schreiben. Zahlreiche Poetiken, Postulate und Lyrikleitfäden gibt es schon, davon einige, auf die ich mich berufe. Trotz der Vermutung, daß Belehrendes und Eingrenzendes heutzutage kaum eine Lyrikmaus hinterm Ofen hervorlockt, hoffe ich, nach *meiner* Art, dem Leser nahebringen zu können, warum es in manchen Winkeln der Dichtung leuchtet, in anderen ausweglos finster bleibt. Meine ästhetischen Kriterien sind aus der Lektüre der Weltliteratur entstanden. Lyrikkenner und -könner mögen über mein Unternehmen lächeln.

Gegenwärtig wird viel lyrisch Anmutendes geschrieben und wenig Lyrik gelesen. Und, wie gesagt, behauptet einer zu wissen, was ein Gedicht ist oder sein soll, bekommt er von vielen Seiten sogleich Gegenwind. In der Tat ist die Wesensbestimmung von Lyrik, wie die aller Kunst, stets uneinheitlich und dem Wandel der Zeiten unterworfen. Schon vor mehr als 2000 Jahren, als der römische Dichter Horaz in seiner Lehrschrift »De arte poetica« der Frage nachgegangen war, was den Dichter zum Dichter macht, flogen unter den Disputanten die Fetzen. Horaz setzte nicht nur den Verstand, sondern auch das Gefühl als literarisches Kriterium. Mit neuer Sicht auf alte Meister zurückgreifend wollte Horaz den Geschmack verständiger Leser bilden, Dillettanten, Nachahmern, Modepoeten das Handwerk erschweren und echte Begabung auf ihrem harten Weg ermuntern.

Auf deutschem Boden ergründeten Gelehrte vor zirka 600

Jahren das erste Mal theoretisch die Baugesetze der Verse. Auch dieser Versuch geschah nicht in friedlichem Einvernehmen, sondern brachte Streit und Sticheleien mit sich. Jede Epoche kämpfte ihre eigenen Kämpfe um das Was und Wie in der Kunst. Es waren Machtkämpfe. Heute ist es nicht anders: ob blitzgescheite Archepoeten, naive Reimeschmiede, beckmesserische Verspädagogen, lyrische Allesfresser, erleuchtete Genien oder Vertreter des unendlich erweiterten Kunstbegriffes (Lyrik-ist-auch-Leberwurst) – jeder will Recht behalten. *Ich* mache Angebote.

TEIL 1

ZÜNDUNGEN

Wir schreiben, und die
auf alles einen Reim finden,
führen das Wort wohin?
Gabriele Berthel

Als Kleinkind war ich eine schlechte Esserin. Meine Mutter entdeckte, daß ich, wenn sie mir ein Lied vorsang oder ein Gedicht aufsagte, den Mund öffnete und mich problemlos füttern ließ. Bald wollte ich ohne die mütterlichen Darbietungen keinen Bissen mehr zu mir nehmen. Reim und Rhythmus wurden zum Grundbedürfnis für mich. Meiner Mutter sei Dank, daß sie mir dieses geduldig erfüllt hat. Mit fünf Jahren hatte ich mir selbst Lesen beigebracht, allerdings anhand von Frakturschrift: Jungmädchenschrott und Liederbücher aus der Kaiser- und Nazizeit, die ich auf Großvaters Dachboden fand. Ich spielte mit meinen Gummiindianern und skandierte:

Es zittern die morschen Knochen
Der Welt vor dem roten Krieg…
Wir haben den Schrecken gebrochen,
Für uns wars ein großer Sieg…
Hans Baumann, 1932

Irgendetwas faszinierte mich an diesen Zeilen. Nach dem Rhythmus ließ sich prima auf dem Teppich stampfen, die

O-Worte klangen wie Zaubersprüche aus meinen geliebten Hexenmärchen. Bei *morschen Knochen* dachte ich an Suppenknochen und Schälrippchen, die Vater in der Küche zubereitete. Bei *Wir haben den Schrecken gebrochen* sah ich Leute vor mir, die sich erbrechen mußten, wie ich es bei Mandelentzündungen tat. Ich verstand nur nicht, warum Mutter, als sie mich eines Tages beim Spielen überraschte, die Opa-Bücher wegnahm und verfeuerte.

In der Schule war ich keine Streberin, aber in den Fächern Lesen und Schreiben ohne Konkurrenz. Den größten Teil meiner Freizeit hockte ich über Büchern, die ich wahllos und begeistert schmökerte. Meinen Deutschlehrer in der Oberschule verblüffte ich mit Aufsätzen, die von mir im Stile Dostojewskis geschrieben waren. Von Schulbuchgedichten bekam ich kaum mehr mit, als daß wir sie auswendig lernen mußten: Goethes »Prometheus«, Erich Weinerts »Genosse John Schehr«, Heinrich Heines »Weber«. Ich rezitierte fehlerfrei aber ohne Verstand. Als ich sechzehn war reimte ich – aus welchem Anlaß auch immer – Verslein über den Frühling und den Frieden. Ich schickte sie der Zeitung »Junge Welt«, dem Zentralorgan der Freien Deutschen Jugend. Dort gab es eine Wochenkolumne unter dem Titel »Poetensprechstunde«, wo junge Lyrik vorgestellt und besprochen wurde. Der Chef der Kolumne, Dr. Edwin Kratschmer, nahm sich meiner Versuche an und schrieb:

Liebe Kerstin Hensel, was Sie augenblicklich »Dichten« nennen: Man wähle ein Thema, suche dazu eine Reihe von beschreibenden oder bebildernden Sätzen und bringe sie u. U. in ein Reimschema. Etwa das probate Thema Herbst, zu dem bereits in jedem Schullesebuch entsprechende Klischeebeispiele vorgeprägt sind. Es stören Sie dabei auch nicht geblähte

Wendungen (»im Herzen seines Schaffens«) oder Sprachvergewaltigungen (»sich jetzt Natur und Mensch verändern«), wenns nur dem Reim nützt. Ähnlich verhält es sich mit »Nacht«. In »Frühlingsanfang« ist wenigstens etwas von der Dialektik Kampf-Widerstand enthalten. In »Schön ist die Erde« wird schulaufsatzmäßig das Thema Frieden recht oberflächlich versifiziert. Sie sagen eigentlich nur, was man schon oft gehört hat. Doch wenn Sie von der Erde sprechen, dann ignorieren Sie bitte nicht, was es darauf noch an Veränderungswürdigem gibt: Hunger, Not, Haß, Mord, Unterdrückung… Zu »Du möchtest groß sein«: Sie verfügen über ein naives/ungebrochenes und doch schon fatalistisches Denkklischee: »warte nur, balde kommt jemand, nimmt dich an der Hand und zeigt…« Was sich in Ihren Texten also offenbart: noch zu geringe Weltsicht, ein bescheidener Erfahrungshorizont. Ich möchte ihn Ihnen recht lange bewahren!!! Aber Kunst kann man damit nicht schaffen. Versuchen Sie sich weiter, zum Eigenbedarf vorerst, doch vielleicht wächst wirklich ein richtiges Gedicht aus einer Sache, über die Sie etwas zu sagen haben. Mit freundlichen Grüßen…

Es war meine erste Kritikermaulschelle. Dr. Kratschmer empfahl mir eine Vorstellung im Zirkel Schreibender Arbeiter, ein Relikt des Bitterfelder Weges. Bei verantwortungsvoller Leitung konnte solch ein Zirkel, den es in jeder Bezirksstadt gab, für junge Autoren durchaus wegweisend sein. Meine Zirkelleiterin übertraf Kratschmers Kritik, indem sie mir die Augen öffnete und erstmal zwei wichtige Dinge beibrachte: Sehen und Lesen. Sie wies mich an, offen und kritisch durch die Welt zu gehen und gab mir Lektüre, die sie mir in völlig neuer Art erklärte: u.a. von Ingeborg Bachmann, Georg Büchner, Volker Braun, Bertolt Brecht, Franz Fühmann, Ernst

Jandl, Günter Kunert, Heiner und Inge Müller. Auch hörte ich von dieser Zeit an Musik, die die ganze mich umgebende Schlager-, Operetten- und Folklorewelt zum Einsturz brachte: Klassik, Jazz, Blues und die wunderbar subversiven Lieder von Wladimir Wissotzky, Janis Joplin, Georg Kreisler, Wolf Biermann oder »Zupfgeigenhansl«.

Im Zirkel Schreibender Arbeiter erfuhr ich meine poetische Zündung. Mit dem Sehen und Lesen lernte ich: Zuhören, Kritisieren, Kritik einstecken, Diskutieren, Spotten. Ich übte poetisches Handwerk und vor allem: bewußtes Leben. Schreiben wurde für mich Rettung vor dem Wahnsinn des Alltags. Wie viele von uns schrieb ich aufbegehrend gegen die offizielle geist- und tonlose Sprache dieser Zeit. Nicht weil ich, die »schreibende Krankenschwester«, Schriftstellerin oder gar Dichterin werden wollte, sondern weil ich frech, neugierig und abenteuerlustig war, bewarb ich mich am Literaturinstitut »Johannes R. Becher« in Leipzig. Ich besuchte das Institut von 1982-1985. Es bot mir, neben einigen ideologischen Scharmützeln, die ich auszufechten hatte, eine Reihe wichtiger Begegnungen mit Schriftstellern und Künstlern. Vor allem bot es mir Zeit. Zeit, in der ich lesen konnte.

Eine zweite Zündung für mein Poesieverständnis war 1985 die Begegnung mit Karl Mickel. Ein Freund hatte ihm Texte von mir zugesteckt. Der in Ostberlin lebende Dresdner Dichter bestellte mich zu sich, rauchte dicke Zigarren und öffnete die bei mir bislang verschlossenen Fenster zur klassischen Literatur. Mickel war berühmt und berüchtigt (beides zu Recht) und wurde mein wichtigster Lehrer. Seine kühnen welthaltigen Gedanken, doch auch sein apodiktisches Beharren auf Normen der Dichtkunst beeindruckten und beeinflußten mich sehr. Von 1988 an erhielt ich von Mickel eine Privatausbildung zur Poetik-Assistentin an der Hochschule für Schauspielkunst »Ernst Busch«. Es war für mich eine aufregende Lern- und Lehrzeit. Erst nach dem Tod des Argusauges Karl Mickel im Jahr 2000, wurde mir bewußt, daß es für mich auch eine etwas eingeschränkte Freiheit wiederzuerobern galt: die der eigenen, *meiner* Natur entsprechenden poetischen Entdeckungslust.

RATIO UND RÄTSEL

Kunst ist Form. Formen heißt Entformeln.
Kurt Schwitters

Was ist ein Gedicht? Jede Behauptung, was Kunst sei oder nicht, fordert Gegner heraus. Gewiß auch jene: es gäbe einen benennbaren Unterschied zwischen Prosa und Lyrik. Ein Gedicht besteht aus Versen, Prosa aus Zeilen – diese Aussage ist ein alter Hut, der auf gegenwärtigen Lyrikmodeschauen nur noch selten getragen wird. Der Hut scheint zu eng, aber ich vermute, viele sind nur nicht mutig genug, ihn – nach eigener Fasson – zu tragen.

Um den Unterschied Lyrik – Prosa zu verdeutlichen, spiele ich ein Thema in verschiedenen Sprachvarianten durch. Ich wähle »Selbstmord«.

In der *Umgangssprache*, die zur unmittelbaren Verständigung im Alltag dient, könnte das Selbstmord-Thema so klingen:

Haste von der schrecklichen Jeschichte jehört? die Peschke-Lisa hat sich jestern Abnd selbst um de Ecke jebracht. Liegt bei der inne Familie. Schon dern Jroßmutter hat sich offjehängt und dern Tochter, auch dern Söhne sin alle irjendwie hops jegangen. Ick vamute, det kommt, weil die ham früher mal am Moor jewohnt, und du weeß ja, wie sowat is…

Umgangssprache (mit oder ohne Jargon), die sich von der Standardsprache durch das Sprachniveau unterscheidet, ist die ungeformteste und ungenormteste aller Varianten. Sie gibt Auskunft über die soziale Schicht des Redenden. Umgangssprache ist keine Kunst, kann aber, bewußt eingesetzt, ein wichtiges Stilmittel sein. Auch im Gedicht.

Eine *Zeitungsmeldung* will eine breite Leserschaft auf allgemeinverständliche Weise über das Thema informieren, bzw. darüber berichten:

Am Abend des 23. Juni 1996 entdeckte ein Passant eine leblose Person am Ufer der Spree. Nach Ermittlungen der Polizei handelt es sich um die 54-jährige Lisa Peschke. Sie hat Selbstmord begangen und einen Abschiedsbrief hinterlassen, in dem sie ihre Lebenssituation als nicht mehr tragbar schildert…

Texte im *Lexikon* oder einer wissenschaftlichen Schrift werden in *Fachsprache* verfaßt. Das Thema wird sachlich, ohne Emotionen, Phantasie oder sonstige sprachliche Ausschmückung erörtert:

Suizid (lat.: sui caedes ›Tötung seiner selbst‹), auch Selbsttötung, Selbstmord oder Freitod, ist das willentliche Beenden des eigenen Lebens, sei es durch beabsichtigtes Handeln oder absichtliches Unterlassen von lebenserhaltenden Maßnahmen.

Bis hier hin ist alles Prosa, die unser Thema unterschiedlich, jedoch kunstfern behandelt. Kunst beginnt mit der künstlerischen Gestaltung der Sprache, d.h. sie verläßt die unmittelbare Informationsebene und somit die eindimensional wahrgenommene Realität:

An der dunkel, ins Nächtliche fließenden Spree, eine halbe Stunde entfernt vom Kino, aus dem ich an einem Novemberabend gekommen war, stieß mein Fuß plötzlich auf etwas weiches, tierhaftes, was da am Ufer lag. Ich erstarrte. Ich wagte nicht, mich zu bücken und nachzusehen, was mir im Weg lag. Schließlich tat ich es doch und sah: eine Frau, vielleicht fünfzig Jahre, in einem grauen, schäbig zerrissenen Mantel. Sie war tot. Sie lag da, so traurig und unheimlich war ihr erloschener Blick…

Das war *erzählende Prosa*: Epik. In der epischen Literatur werden die Dinge be-, das Thema somit umschrieben, Stimmungen geschaffen, Spannung erzeugt, also alles, was wir in Romanen, Erzählungen, Reportagen usw. finden. In der Epik leitet uns der Blick des Autors durchs Geschehen. Er will nicht mehr nur informieren, sondern andere Dimensionen des Erkennens schaffen.

Ebenfalls Prosa, aber mit lyrischen Einsprengseln, heißt *dichterische Prosa.* Sie kommt, wie die epische, in Zeilen daher, arbeitet aber mit komprimierten Bildern, ausgeprägtem Sprachrhythmus und oftmals eigenwilliger Syntax:

An der dunkel nächtlich verfließenden Spree, stößt der Fuß auf weiches Ufergetier. Erstarrung und Furcht! was seh ich, was schneidet den Weg mir ab, da liegt sie: die Tote, im grauen schäbigen Kleid. Sie liegt, als hätte sie selbst sich gerichtet, so traurig, unheimlich der erloschene Blick…

Zu allen Zeiten gab es die Mischung der Gattungen untereinander: Prosa mit Elementen der Lyrik, Lyrik mit Prosaelementen, lyrische Dramatik, epische Dramatik, dramatische Lyrik. Mischformen klingen interessant, gaukeln aber mitunter nur tiefere Bedeutung vor. Aus diesem Grund sehe ich die Erweiterung der Gattungen, ihre begriffliche Unbestimmbarkeit nicht immer als Bereicherung.

Wir erreichen nun die gebundene Sprache, das Genre Gedicht:

Lisa Peschke, welch ein Unglück,
nahm sich einen dicken Strick.
Hatte schon immer Pech im Leben:
Krieg, alle Söhne tot und vieles ging daneben.
Auch das Moor, wo sie wohnte, war für sie nicht gut,
Nun ist Lisa Peschke tot.

Was daran ist ein Gedicht? Der Text sieht aus wie ein solches und reimt sich. Formal kommt er als Gedicht durch – freilich als miserables: es fehlen die poetische Idee, sowie jegliches Sprach- bzw. Rhythmusgefühl. Das Metrum holpert, die Reime sind Mißklang, die Weltsicht ist naiv, und zum Thema Selbstmord erfahre ich: nichts.

Selbstmord

Aber bei der lag es in der Familie
Sie wohnten früher am Moor
Der Großmutter fiel regelmäßig
Ein Bild von der Wand wenn wieder
Ein Sohn gefallen war.

Sarah Kirsch, um 1970

Hier geht es um mehr als um eine Selbsttötung. Aber worum? Ich *frage*. Ich spüre, daß dieser Text, bei aller Einfachheit der Worte, ein Geheimnis in sich birgt. Dieses Geheimnis ist, was ein gutes Gedicht ausmacht. Der Dichter schafft es, der Leser muß es erkunden. Dieser Erkennungsprozeß soll Spaß machen, sonst ist die schönste Poesie nichts wert. Gewiß ist eine Interpretation, besser Gedichtanalyse, ein bißchen wie Rätselraten, aber Rätselraten gilt als eines der ältesten Menschheitsvergnügen, und es gehört zur poetischen Ursubstanz.

Schon das erste Wort verwundert. Es heißt *Aber.* – *Aber bei der lag es in der Familie.* Wer äußert so etwas wie über wen? A*ber* klingt wie eine hilflose, aber ahnungsvolle Erklärung eines unbestimmten lyrischen Subjektes. So könnten beispielsweise Klatschweiber hinter vorgehaltener Hand wispern. »Es liegt in der Familie« ist eine Redewendung. Man äußert sie über jemanden, in dessen Familie seit Generationen besondere Leistungen oder besondere Unglücke nachzuweisen sind. Es schwingt der Unterton mit: die kann ja nichts dafür, daß es ist, wie es ist: also schicksalhaft. Ohne, daß das Gedicht die gesellschaftliche Stellung der Betroffenen benennt, sondern nur durch das abfällige Wörtchen *der* (statt *sie)* ahne ich, daß die Person von den Klatschweibern schon länger beäugt wird.

Vers 2 gibt eine zweite Ursachenvermutung: *Sie wohnten früher am Moor.* Am »Moor wohnen« erinnert mich an Moorleichen, Irrlichter, Nebelgeister, Sumpffieber, arme Torfstecherseelen. »Moor« ist symbolisch verwandt mit »Sumpf«. In der Traumdeutung begegnet einem der Sumpf als Sinnbild des Unbewußten. »In der Familie liegen« und »am Moor wohnen« – das sind für die Klatschweiber Indizien, daß eine fatalistische Macht Frau Nachbarin zum Suizid verholfen hat.

Ab Vers 3 arbeitet das Gedicht mit der Wirkung von Zeilensprüngen: *Der Großmutter fiel regelmäßig / Ein Bild von der Wand wenn wieder / Ein Sohn gefallen war.* Im inneren Auge sehe ich eine düstere Kate, in welcher eine alte Frau wohnt. Daß wie von Geisterhand Bilder von der Wand fallen, ist mir unheimlich, doch ich beruhige mich: das Moor hat's in sich, da kann doch keiner dafür. Erst der letzte Vers löst das Rätsel: die Söhne der Frau sind *gefallen.* Nicht hingefallen, sondern im Krieg gefallen. Da gibt es nichts mißzuverstehen. Der Krieg ist die eigentliche Ursache des Unglücks von Generationen.

Die Bilder, die der Großmutter von der Wand fallen, lassen mehrere Deutungen zu: auf der ersten Ebene sind es die üblichen Bilder, die Mütter in Kriegszeiten an der Wohnzimmerwand hängen hatten: kitschige Landschaften, Fotos der Männer und Söhne, vielleicht Dürers »betende Hände«. Aber auch der Kaiser oder das Bildnis Adolf Hitlers hing in vielen Stuben. Jedes Mal ... *wenn wieder / Ein Sohn gefallen war,* fielen der Mutter also nicht nur die realen Bilder von der Wand, sondern auch das Führerbild, also: ihr Weltbild. Bei jedem toten Sohn brach es ein Stück mehr in Scherben. Trösteten sich viele Kriegsmütter bei der ersten Nachricht über einen gefallenen Sohn noch mit dem zynischen Begriff Heldentod, war es beim zweiten schon nicht mehr so. Spätestens beim dritten »für Volk und Vaterland« Gefallenen erwachten die meisten Mütter. Da war es zu spät. Da wollten sie selbst nicht mehr leben.

Aber bei der lag es in der Familie, unken die Klatschweiber im Gedicht. Das heißt im Fazit: Nicht der Krieg hat Schuld am Unglück, das über die Familie kam, sondern das allmächtige Schicksal, die Vorsehung, die vererbbare Veranlagung, das böse *Moor.* Die Klatschweiber zeigt Sarah Kirsch in subtiler Weise als jene Leute, die nichts aus der Geschichte begriffen haben.

Die Erkundung des Gedichtes *Selbstmord* ist, bei aller Ausführlichkeit, nur eine Teilerkundung geblieben. Keine mathematische Formellösung, sondern *meine* Wegweisung zum Verständnis. Das Gedicht, weil es nichts beschreibt oder ausspricht, arbeitet im Kopf des Lesers weiter. Kommt er ihm auf die Spur, wird es ihn bezaubern und erschrecken. Daß Sarah Kirsch ein gutes Gedicht vorgelegt hat, beweist, daß es auf kleinstem Raum viel zu entdecken, zu denken und zu enträtseln gibt.

OHRENFÄLLIGES: DER REIM

Wie fein gereimt! Wie rein gefeimt! Kein Sinn!
Der Verseschmied entschnarcht. Es klappt sein Kinn.

Günter Saalmann

Es herrscht ein hartnäckiges Mißverständnis: Ein Gedicht muß sich reimen, sonst ist es keins. Doch schon von den antiken Dichtern wurde der Reim als barbarisch empfunden, und gerade unter der Gegenwartslyrik dominiert Reimloses.

Ein Reim ist ein Gleichklang einer oder mehrerer Silben mit verschiedenem Anlaut. Er kann in der Mitte oder am Ende eines Verses stehen. Die Menschheit kennt Reime, seit sie Laute von sich geben kann. Vorläufer der Gedichte sind Orakel, Zaubersprüche, Runenmagie oder Gebete, die in Rhythmus und Reim gewissermaßen die göttliche Antwort erklingen lassen. Gereimtes hat den Vorteil, daß man es sich besser merkt als Reimloses. Es bewirkt Magisches. Der Reim ist ohrenfällig. Als »Wortvermähler« macht er Verse harmonisch und bringt etwas Stimmiges, Versöhnendes in den Text. Vermutlich sind es genau diese Eigenschaften, von denen viele meinen, daß sie, und zwar *nur* sie, das Wesen der Poesie bestimmen.

Ein Lächeln von dir
Gewunken mit den Lidern
Läßt das Herz in mir
Den Blick sofort erwidern.

Hier geht es um ein weites allgemeines Gefühl, das jeder kennt. Vom Herz-Lächel-Blick inspiriert, reimen Verliebte seit Jahrtausenden. Großartige, die Zeiten überdauernde Gedichte sind aus diesem Anlaß entstanden, aber auch unzählige epigonale Schmachtfetzen. Weil das Bild so oft in immer gleichen Wortkonstellationen verwendet worden ist, wirkt es – wie in zitierter Strophe – abgedroschen, also langweilig und zwanghaft. Außerdem sind die Verse sinngemäß und grammatikalisch völlig verunglückt: Wie kann *ein Lächeln mit den Lidern gewunken* werden? Und wie kann *das Herz in mir / den Blick sofort erwidern*?

Ich lasse mein Gesicht auf Sterne fallen,
Die wie getroffen auseinanderhinken.
Die Wälder wandern mondwärts, schwarze Quallen,
Ins Blaumeer, daraus meine Blicke winken.

Paul Boldt, um 1914

Auch hier das problematische Bild der *winkenden Blicke*. Nur: die Metaphern, die dem vorangehen, sind ungewöhnlich, farbig, stark. Sie fordern starke Reime heraus. Diese Verse merke ich mir.

Die Lust am und der Zwang zum Reimen dringen bis in den banalsten Alltag. Die Werbung wußte das schon immer zu nutzen. Zwischen den 1920er und 1970er Jahren wurde in dieser Branche gereimt, was das Zeug hält: Ob Bier, Schnaps, Süßkram, Putz- oder Abführmittel: gereimt beworben, fielen Produkte auf und blieben rasch im Gedächtnis:

– Haribo macht Kinder froh
– Entspannen mit Hannen
– Vielerlei aus einem Ei

Witziger klingt dies:

- So nötig wie die Braut zur Trauung / ist Bulrich-Salz für die Verdauung.

Lustig gemeint, aber hilflos:

- Man schätzt uns, was ich gut versteh / besonders sehr als Frikassee (DDR-Hühnchenwerbung)
- Praktisch denken / Plaste schenken.

Schlichtweg ungekonnt eine holprig gereimte Aufkaufwerbung:

- Freude am Garten wird zu barem Geld / wenn man die Früchte dem Handel zur Verfügung stellt (DDR, 1971).

Kürzlich fand ich im Fenster einer Fußpflegepraxis folgende Kundenwerbung:

Was stört beim Liebesspiel? Hornhaut,
die ist zuviel.
Was trägt die Kuh am Fuß? Hornhaut, weil sie muß.
Der Hund hat keine Schuh,
er trägt Hornhaut für seine Ruh.
Das Auge hat sie auch: Hornhaut.
Und brennts mal unter den Nägeln,
zu viel Hornhaut in der Regel.
Was wird bei der Fußpflege abgebaut? Hornhaut!«

Poesie & Podologie – diese Kombination ist eine Rarität. Da ein gereimter Text stets vorgibt, ein Gedicht zu sein, versuche ich, mich dem Text als Gedicht zu nähern und lasse meinen Assoziationen freien Lauf. Die erste Zeile stellt mir die Denkaufgabe, an welcher Stelle Hornhaut beim *Liebesspiel,* d. h. beim Sex, stören könnte. Meines Wissens verfügen weder Vagina noch Penis über eine solche; und falls es Menschen geben sollte, deren Gemächt von Hornhaut überwuchert ist – würden sie da Hilfe in einer Fußpflegepraxis suchen? Also nehme ich an, der Autor hat nicht die Geschlechtsorgane, sondern Schwielen/Schrunden an den Händen/Füßen der Liebenden gemeint. Aber warum sind sie *zuviel* und *stören* bei der Begattung? Der Reim *Liebesspiel – zuviel* ist immerhin nicht falsch. Zeile 2: Bei *Fuß* und *muß* handelt es sich um einen sogenannter Augenreim, da die Reimsilben unterschiedlich lang ausgesprochen werden, das Schriftbild aber identisch ist. Genaugenommen müßte *muß* wie »Mus« ausgesprochen werden. Daß die Klaue der Kuh im Gedicht als Fuß bezeichnet wird, kann ich hinnehmen (Schmiede nennen ein Nageleisen ja auch Kuhfuß), aber daß eine aus zentimeterdickem Horn bestehende Klaue als *Horn*haut definiert sein soll, entfernt sich allzu weit von der Realität. Auch übernimmt die Pediküre der Paarhufer normalerweise der Klauenschneider und nicht der Podologe. Hier stimmt etwas nicht. Wahr hingegen spricht die Verfasserin in Zeile 3: *der Hund hat keine Schuh.* Gut, für verletzte oder parkettunsichere Fiffis gibt es Pfotenschuhe, aber naturgemäß läuft der Hund barpfotig. Der Verfasser weiß es aus seiner Sicht zu sagen: *er trägt Hornhaut für seine Ruh.* Ein Zoologe würde es anders formulieren, aber nicht widersprechen. *Schuh – Ruh* ist ein Reim, an dem ich nichts auszusetzen habe. In Zeile 5 allerdings schlägt der Reim plötzlich quer: *auch – Hornhaut.* Dabei steuert der Text auf den thematischen Höhepunkt zu: *Das Auge hat sie auch.* Autsch! Nicht nur der Reim, auch die Wahrheit tut manchmal weh. Der Übergang von schrundigen Fersen über Kuhklauen und Pfotenhaut zur glasklaren Kornea, diesem »Fenster des Augapfels«, ist heftig! In Zeile 6 reimt sich *Nägeln* auf *Regel*. Man kann das als Assonanz oder unsauberen Reim bezeichnen und auf Goethe verweisen, der z. B. »neige« auf »Schmerzensreiche« gereimt hat, aber man kann *Nägeln – Regel* auch Mißgriff nennen. In Zeile 6 kommen – endlich! – die (Finger- und Fuß)*nägel* ins Spiel. Der Autor behauptet, wenn's unter den Nägeln brennt, ist überschießende Hornhaut die Ursache. Ohne besondere Kenntnisse zu haben, fürchte *ich*: wenn es *unter* den Nägeln *brennt*, ist es bestimmt Nagelpilz. Da muß der Betreffende zum Hautarzt und sich eine Salbe verschreiben lassen. Und zwar so dringlich, wie es die alte Redewendung »Es brennt unter den Nägeln« meint. Schließlich werde ich bei der letzten Zeile auf ein Wissensgebiet gestoßen, das eher anorganischer Natur ist: den Bergbau. Hornhaut wird in der Fußpflege mit kleinen Raspeln oder Hobeln vom Fuß abgetragen. Das ist bekannt, aber kann sie auch abge*baut* werden? Schon sehe ich vor meinem inneren Auge montane Kohlehobel und Kratzketten … sie nähern sich meinen Füßen, dem Unterleib, den Augen … *Hornhaut – abgebaut, Hornhaut – abgebaut …* wahrhaftig: zu einem tollkühnen Vorgang gehört ein tollkühner Reim!

Man mag mir vorwerfen, daß es unangemessen ist, mich an einem so harmlosen Gelegenheitstext abzuarbeiten. Das soll ja gar kein Gedicht, sondern einfach nur lustig sein, höre ich. – Dem zustimmend werde ich folgendem Reimexperiment also keine weitere Gedankenarbeit zukommen lassen:

weißt du svenni es tut mir manchmal richtig weh
wen ich dich mit ihr lachen seh
da könnt ich voll weinen
dan kan auch die sonne scheinen
und mein herz ist ganz lehr
manno warum ist es den so schwer
hab dich richtig vermisst
un manschmal siogar ein bild von dir gekisst
tränen liefen
da wo alle schliefen
den keiner auser du weist das ich einen weichen kern habe
und ich bitte sage.

Das ist ein Produkt, den die »reimemaschine.de« ausgespuckt hat. Eine Internetplattform, die mittels einer »Reimesuchmaschine« ihren »Usern« das »Lyrikschreiben« erleichtern will. Außer der individuellen Rechtschreibung und erlesenen Gleichklängen wie *vermisst/gekisst* bewundere ich den Erfolg der Verfasserin, der aus über 100 User-Aufrufen und 62 Gefällt-mir- Kommentaren besteht.

Reime machen Gedichte besonders, sind aber nicht zwingend. Ich bin überzeugt, daß ein Reim gelungen ist, wenn der Vers ihn verlangt; wenn er aus ihm ungesucht entsteht. Diktion, Gestus und Idee entscheiden letztlich, ob Reime notwendig sind. Reime können auch nur dem Spaß dienen. Sie produzieren unwahrscheinlich viele Einfälle und lockern das Gehirn. Ob Schüttelreime oder Kalauer, sie sind die Frischeduschen der Poesie:

Der Jambus hätt sich ausgequatscht?
Mitnichten, wiederhol ihn!
Und ist der Stiefel ausgelatscht,
besohl ihn!

Peter Rühmkorf

Es gibt ganze Theorien über gute und schlechte Reime, also ob man Herz auf Schmerz, Messing auf Lessing, Menschen auf Tännchen, Pullover auf Hannover oder Dachdecker auf Honecker reimen darf oder nicht. Reimqualität kann man nur im Zusammenhang des ganzen Gedichtes beurteilen. Wo dürftige Gedanken sind, wird auch der originellste Reim dürftig. Und oft ist es so, daß der, der den Reim *sucht,* beziehungsweise wenn er ihn gefunden hat, den Satz entsprechend zurechtbiegen muß, sich in seiner Ausdrucksweise begrenzt. Ein krampfhaft zurechtgebogener Satz jedoch verliert den Gedanken, falls er überhaupt einen hatte.

GEBUNDEN FREI SEIN

Ein anderes häufig auftretendes Mißverständnis ist, daß sich ein Gedicht nicht nur reimen *muß*, sondern dies auch unter allen Umständen im regelmäßigen Metrum zu tun habe. Ein regelmäßiges Metrum herrscht, wenn ein fester metrischer Rahmen vorbestimmt ist, wie beispielsweise beim Knittel, Alexandriner, Hexameter, also bei Versen, die sich mit gleicher Taktzahl auszählen lassen.

Die Gaunerzinke

Die stillste Straße komm ich her,
im Schluchtenfluß die Otter schreit.
Mein Schnappsack ist dem Bund zu leer,
Gehöfte stehen meilenweit.
Im Kotter saß ich gestern noch
und tret ins Tor im Abendrot
und weiß im Janker Loch um Loch
und bitte nur ganz still um Brot. (...)

Theodor Kramer, 1929

Jeder Vers der *Gaunerzinke* besteht aus vier Jamben. Der regelmäßige Rhythmus, der Reim und die einfache, gleichwohl bildliche Sprache machen das Gedicht liedhaft. Ein Text, den jeder sogleich als Lyrik erkennt und akzeptiert.

Satisfaction

Weißt du
sagt der
angeschlagene Champion
neben mir an der Jahrmarktsbude
weißt du
sagt er kauend
eigentlich
schmeckt so eine Melone erst richtig
wenn du sie ausschaben kannst
mit deinen Krücken

Karin Kiwus, 1976

Hier scheint jede metrische Regel, jede Tradition außer Kraft gesetzt. Beim flüchtigen Lesen vermeint man, die Autorin hätte den Satz einfach nur zerschnitten, um ein interessantes Druckbild zu erzeugen. Doch, wie gesagt, es *scheint* nur so. Karin Kiwus hat den Text sehr bewußt in eine unbündige Form gebracht: ich sehe/höre/spüre die Hakenschläge des auf Jahrmarktniveau gesunkenen Boxchampions, der sich mit zynischen Kommentaren Genugtuung verschafft. Auch das mahlende Kauen des (zerschlagenen) Kiefers kann ich erkennen/hören.

Satisfaction ist in *freien Versen* geschrieben. Das klingt nach Regellosigkeit. Genaugenommen besteht die einzige Freiheit des freien Verses darin, daß er nicht von einem metrischen Rahmen bestimmt ist, die Verse also unterschiedlich lang sind. Der freie Vers lebt vom Rhythmus, bewußt gesetzten Zeilenbrüchen, sowie Satz-, Wort- oder Taktwiederholungen bzw. -variationen. Er ist meistens reimlos. Freie Verse haben also Regeln. Sie erinnern mich an Free-Jazz, der ja auch nicht dadurch Kunst wird, daß jemand wild mit Kochlöffel auf Topfdeckel schlägt oder einfach Luft in eine Posaune drückt.

Viele Leute glauben, daß freie Verse (oder was man dafür hält) eine Erfindung des 20. Jahrhunderts sind. Tatsächlich liegt deren Anfang in den italienischen Madrigalversen des 14. und dem französischen »vers libres« des 18. Jahrhunderts. Klopstock hat freie Verse in seiner »Frühlingsfeier« verwendet, Goethes »Prometheus« wettert in solchen gegen Zeus' Herrlichkeit; Hölderlins Hymnen werden oft vom freien Vers getragen.

Finsternis

Eintönig
spinnt sich um mich
mein
totes, leeres, taubes
Dasein.

Meine … Seele
schnarcht.

In
dunkele Träume
heult
der Wind;
schwere, dumpfe,
hohl
auffallende
Tropfen, durch die Regenrinne,
zählen die Zeit
ab. (…)

Arno Holz, 1924

Hierin erkenne ich keine freien Verse, sondern nach einem graphischen Prinzip geteilte, um eine imaginäre Mittelachse zentrierte Sätze. Anders als die boxerhakenförmige Versaufteilung bei Karin Kiwus erfahre ich aus Arno Holzens Mittelachsensymmetrie weder Aufschlüsse für den Gedichtinhalt, noch Hinweise darauf, wie man es lesen bzw. sprechen sollte. Die Form als bloße Bildlichkeit von Wörtern bleibt Schablone. Das mag für manche Leser als wirkungsvoll und als Zeichen von Befreiung alter Lyrikregeln gelten, für mich ist es nur ein ziemlich einfaches Spiel.

VOM SPRINGEN UND WENDEN

Ich schreib mir das Leben
her, schreib mir das Leben weg.
Rolf Bossert

Das Wort Vers stammt vom lateinischen »versus« und bedeutet so viel wie »umwenden, gepflügte Furche«. Vergleiche ich rückschauend Sarah Kirschs Selbstmord-Gedicht mit den Prosabeispielen, wird erkennbar, was Verse sind. Nämlich: komprimierte und chiffrierte Sprache. Die Sprache ist also verdichtet und mehr oder weniger verschlüsselt. In Versen waltet ein Rhythmus, der durch die Anordnung der Wörter erzeugt ist. Natürlich kann es auch Sätze geben, die in gewöhnlicher Rede nicht anders stünden (*Sie wohnte früher am Moor),* aber an bestimmten Stellen im Gedicht werden die Sätze »gebrochen« *(Der Großmutter fiel regelmäßig / Ein Bild von der Wand wenn wieder / Ein Sohn gefallen war.).*

Dieses Prinzip heißt *Zeilensprung.* Genauer als das deutsche Wort ist das vom französischen »enjamber« (überschreiten, überspringen) abgeleitete *Enjambement.* Es bedeutet das Übergreifen eines Satzes über das Ende eines Verses in den nächsten mit dem Ziel, einen Doppelsinn, eine Sinnerweiterung zu schaffen oder, wie in der Versdramatik, etwas gestisch herauszustellen. Das handwerkliche Können des Dichters zeigt sich unter anderem im Gebrauch einleuchtender Zeilenbrüche. Ein Enjambement sollte nämlich eine *bewußte* Entscheidung sein. Ein Satz wird nicht an einer beliebigen Stelle auseinandergeschnitten, sondern die Bruchstelle erzeugt einen (Doppel)sinn. Gibt es diesen Sinn nicht, ist es kein Enjambement, sondern ein zerhackter Satz.

Die Salve war abgefeuert. Die Mannschaft
Marschierte ab. Der Rauch an der Mauer
Erhob sich:
Du
Bliebst liegen.

Bertolt Brecht

Lese ich, wie es für Gedichte notwendig ist, sorgsam Vers für Vers, werde ich durch die Zeilenbrüche irritiert: *Die Salve war abgefeuert. Die Mannschaft* – die Mannschaft war abgefeuert? denke ich. Aber der Satz geht weiter: *Marschierte ab. Der Rauch an der Mauer* – marschierte ab? aber nein: er *erhob sich:* – da folgt das Wörtchen: *Du* – ein kleines Du, allein in einem Vers, erhob sich? Die schreckliche Gewißheit folgt: Das *Du* bleibt liegen und meint auch mich, den Leser.

Nicht jedes Enjambement ist gleich stark, und nicht in jedem Fall kann man es eindeutig als gelungen oder mißglückt erkennen. Enjambements kommen vor allem in freien und ungereimt gebundenen Versen (z. B. der Antike entlehnten oder Blankversen) vor. Steht am Versende ein Komma oder ein Punkt, handelt es sich nicht um ein Enjambement, sondern um eine syntaktische Zäsur, also eine, die von den Regeln der Interpunktion bestimmt ist. In Versen mit Endreimen gibt es seltener Zeilenbrüche, da der Gleichklang des Endwortes oft stärker wirkt als eine Sinnverdoppelung:

Der Antritt des Neuen Jahrhunderts

Edler Freund! Wo öffnet sich dem Frieden,
Wo der Freiheit sich ein Zufluchtsort?
Das Jahrhundert ist im Sturm geschieden,
Und das neue öffnet sich mit Mord. (…)

Friedrich Schiller, 1801

Jeder, der wie ich schulische Turnübungen als lästig und lächerlich in Erinnerung hat, spürt in den Zeilenbrüchen folgenden Gedichtes förmlich die Gelenke knacken. Die Rhythmen von Kommandos und Kichern sind darin ebenso hörbar, wie die Anspielung *Bock = Turnlehrer:*

Turnstunde

Wir stehen ausgerichtet in Reih und
Lachen bei Glied. Die Mädchen kichern
Die schon Brust haben, kommen über
Den Bock. Der Turnlehrer
Greift bei den Dicken daneben.
Die Starken reißen sich hoch
Die Sprossenleiter. (…)

Ralph Grüneberger, 1986

Es gibt sogar Zeilenbrüche, die mitten durch ein Wort gehen. Hier wird die Dampframme der Macht dem Volk regelrecht ins Gemüt gestoßen:

Lustgarten, Preußen

Das Gras gepflastert.
O Schweiß der Ämter, die Weisheit
Des Volks demselben, eh sie
Zitiert wird, einzu-
Rammen in das Gemüte.

Volker Braun, 1977

Ein Enjambement sollte man als Sprechanweisung verstehen. So wie die Noten, die ein Komponist geschrieben hat, der Musiker zu spielen verpflichtet ist. Ein Zeilenbruch ist eine vom Autor festgelegte metrische Zäsur, also eine kleine Pause, welche Spannung für den Doppelsinn erzeugt. Diese Zäsur hat zur Folge, daß das Wort des anschließenden Verses eine besondere Betonung erfährt. Überliest man die Enjambements, geht ein Teil des Sinnes verloren. Als Prosa ist der Text nur halb so aufregend:

Das Gras gepflastert. O Schweiß der Ämter, die Weisheit des Volkes demselben, eh sie zitiert wird, einzurammen in das Gemüte.

Betont man Zeilenbrüche hingegen zu heftig, also unsouverän bzw. nicht gedacht, klingen die Verse verkrampft. Es ist nicht nur eine Kunst, Gedichte zu schreiben, sondern auch, sie vorzutragen. Der *geübte* Gedichteleser kann die Qualität von Enjambements durch lautes Lesen erkennen: verknotet sich beim *Mit*lesen die Zunge oder fühlt er sich atemlos, hat das Gedicht meistens zu viele Zeilenbrüche, sind sie unsinnig oder nicht optimal gesetzt. Ergibt sich hingegen beim *Über*lesen der Zeilensprünge eine bessere Verständlichkeit des Textes, handelt es sich um zerhackte oder lyrische Prosa. Und schließlich gibt es Gedichte, die trotz oder wegen ihrer Regelmißachtung gelungen sind.

BILDERWERKSTATT

Bilder bedeuten alles im Anfang.
Heiner Müller

Ich habe das Enjambement näher betrachtet, weil es meines Erachtens ein wichtiges, jedoch im heutigen Lyrikverständnis weithin unbekanntes bzw. unbeachtetes Verselement ist. In der Schwierigkeit der Handhabung ebenfalls unterschätzt, scheinen mir die Poesiewerkstücke Vergleich, Symbol und Metapher. Dabei sollte jeder, der auf irgendeine Weise mit Lyrik zu tun hat, sich dieser Werkstücke bedienen können.

Vergleiche erkennt man an dem Wort *wie.* Ein mittelmäßiges oder schlechtes Gedicht erkennt man am häufigen Gebrauch von Vergleichen. Nicht, daß ein Gedicht damit nicht arbeiten darf, aber der Vergleich ist das schwächste poetische Mittel. Er will bildhaft das Verständnis erleichtern, läßt dem Leser aber wenig Raum zur produktiven Irritation.

Kürbisse liegen am Hang wie faule Sonnen.

Läßt man das *wie* weg, verstärkt sich der Vers um eine Dimension ins Metaphorische:

Kürbisse liegen am Hang: faule Sonnen.

Oder:

Eine fette Kröte hockt wie Gasgeruch in meiner Küche.

Stärker:

Eine fette Kröte hockt, der Gasgeruch, in meiner Küche.

Unerläßlich für das Verstehen und Verfassen von Lyrik ist die Grundkenntnis von *Symbolen.* Symbole, griechisch: symbolon (Zusammengefügtes), sind Erkennungszeichen und so alt wie die Menschheit selbst. Symbole werden als Sinnbilder für einen Gegenstand oder einen Vorgang gebraucht. Sie sind zwischen Personen *vereinbart,* d. h. sie stehen in ihrer Bedeutung fest, können sich aber innerhalb der Kulturen unterscheiden. Symbole sind selten im Reich des Alltäglichen angesiedelt und oftmals mit einer Bedeutungsaura umgeben. Obwohl ihnen etwas Geheimnisvolles, ein Arcanum, anhaftet, kann man sie nicht frei erfinden oder nach Belieben umdeuten. Man muß sich mit Symbolen vertraut machen. Sie tarnen den offenen Sinn des Dargestellten oder einer Aussage. Der nicht eingeweihte Leser oder Bildbetrachter kann die so verschlüsselte Aussage nicht mehr verstehen.

Schlange, Kröte, Taube, Lamm, Apfel, Kürbis, Ölbaum oder Rose sind nicht nur zoologische und botanische Begiffe, sondern symbolisch. In folgenden Versen geht es beispielsweise um die Begierde nach der weiblichen Brust, nicht um Goethes Traum, Kernobst aus der Familie der Rosengewächse zu pflücken:

Einst hatt ich einen schönen Traum:
Da sah ich einen Apfelbaum,

zwei schöne Äpfel glänzten dran;
Sie reizten mich, ich stieg hinan. (...)

J.W. von Goethe, aus: Faust I. Teil

Das dritte Element unserer Bilderwerkstatt ist die *Metapher.* Das Wort stammt vom griechischen »meta pharein« und bedeutet »anderswohin tragen«. Während Symbole (die in Metaphern enthalten sein können) ihre feststehende Bedeutung haben, entschlüsseln sich Metaphern erst aus dem Kontext des Gedichtes. Metaphern sind poetische Bilder. Sie enstehen meistens durch Zusammenbringen bzw. Kurzschließen von Begriffen aus unterschiedlichen Seinswelten oder -weisen. Metaphern funktionieren für den Leser aber nur, wenn für ihn die Verknüpfung der Begriffe neu und unerwartet ist, er aber die Begriffe selbst kennt. Sieht man von redensartlichen Metaphern (z.B. Wüstenschiff für Kamel oder Nußschale für kleines Boot) ab, lassen sich Metaphern nicht durch einen eigentlichen Ausdruck ersetzen. Sie sind dann gelungen, wenn sie vom konkreten Wortsinn gestützt, das heißt präzise sind:

- ein blutunterlaufener Landstrich // schwarze Minuten des Wahnsinns (Georg Trakl)
- das Aschenheer der Schatten // Zerstörungen – o graues Siebenschläferwort (Gottfried Benn)
- Rhabarber streckt seine grünen / Tatzen in die Luft (F.C.Delius)
- der Unterdruck der ehelichen Treue (Kathrin Schmidt)
- gähnende Haltestellen / denen der Nachmittag verschwimmt (Walle Sayer)
- am Haus die Metastasen des Mörtels (Peter Huchel)

- der Mond, das kalte Bügeleisen (Rolf Bossert)
- ein liegengebliebener / nach Republik riechender Hund (Björn Kuhligk)

Metaphern, denen der konkrete Wortsinn fehlt, wirken schief, albern, überanstrengt oder monströs:

- ein Duft, der uns die Nüstern kosend geigt.
- ein pyromanisch loher Schoß
- die nachtentrissene Luft schwarzer Flockenklänge
- tief unter einem Meer erfriert die schlafende Rose
- sobald die Drachen zerbrechen, ist der Geist ein schleichender Schrei

Neben den Werkstücken Vergleich, Symbol und Metapher gibt es zahlreiche andere, die sich nicht immer klar voneinander abgrenzen lassen: Allegorien, Neologismen, Wortspiele. Freilich muß man in der Lyrik nicht fortwährend in Bildern sprechen oder alles in Symbole zwängen. Auch ein nackter Gedanke kann in starker stimmiger Bewegung und vollkommener sinnlicher Rede sein.

WAS GEBRAUCHT WIRD

Anfangs wird das Wort, das wird die Seele
Und die Hölle war los in meiner Kehle.
Hyacinth Freiherr von Wieser

»Große Lyrik umschließt gleich einer Frucht ihren Kern, einen fast sakralen Innenraum, ein Unberührbares, Unauflösliches.« Dieser Satz stammt von Fritz J. Raddatz. Radikaler formuliert es Walter Benjamin: »Wer meint, ein Gedicht verstanden zu haben, der hat es eben nicht verstanden.«

Nun ist nicht alles, was unverständlich ist oder anmutet ein Gedicht, und nicht alles, was eine nachvollziehbare Aussage hat, keines. Lyrik lebt wie jede Kunst aus dem oszillierenden Verhältnis zwischen Rationalität und Irrationalität. Logik kann in der Poesie absurd werden, Absurdes logisch:

Der Sessel des Besessenen

Mein neuer Sessel
ist er nicht wie ich
wenn ich gebückt den Sessel
auf mich nehme – mich?

Nicolas Born, 1975

Für mich besteht der Genuß am Lyriklesen in der Spannung zwischen Erregung und Erkenntnis. Ein Gedicht ist für mich wichtig, wenn es eine Erschütterung (die auch durch Komisches hervorgerufen sein kann) meiner denkenden und fühlenden Beziehung zur Welt auslöst; wenn sich diese Erschütterung nach jedem Lesen neu herstellt, sich verwandeln und steigern kann und – trotz zunehmender Vertrautheit im Detail – mich das Gedicht stets von neuem überrascht und irritiert.

Ich kann über Lyrik urteilen, bin mir aber bewußt, daß dieses Urteil subjektiv und vielleicht nur vorläufig ist. Oft ist die schnellste Antwort auf die Frage, was Urteilskraft über Lyrik verschafft: der Geschmack. Ein Geschmacksurteil wird jedoch immer dann angeführt, wenn das Wissen und/oder die Erfahrung fehlt. Der Geschmack kennt keine Gründe und lehnt es geradezu ab, danach zu fragen. Er ist bloß Aussage, Bekenntnis. Jeder Mensch hat einen anderen Geschmack. Im Laufe des Lebens ändert er sich, das heißt nicht, daß er unbedingt besser wird. Man kann mit Geschmack genießen, nicht aber urteilen. Für das Verstehen von Gedichten werden andere Voraussetzungen benötigt.

1. *Musikalität.* Die Lyrik hat sich aus dem Tanz und der Musik entwickelt. Sie bedeutet ursprünglich: zur Lyra vorgetragene Gesänge. Im Gedicht begegnen sich Sprache und Musik, wobei die Musik einen größeren Raum eröffnet, alle Sinne unmittelbarer anspricht und tiefer reicht als die Sprache. Musikalität bedeutet, daß man ein Gefühl für Rhythmus und Sprachklang besitzt, falsche Töne erkennt und an den richtigen sich erfreuen kann. Ein Musiker ist freilich nicht automatisch ein Gedichteversteher oder Lyriker, sowie ein Lyriker kein Musiker sein muß.

2. *Poetisches Vorstellungsvermögen.* Poetisches Vorstellungsvermögen setzt reale Vorstellungskraft voraus. Es gibt keine Phantasie ohne Realität, jedoch Realität ohne Phantasie. Da

ein Gedicht in vielen Fällen mit verschlüsselter Sprache arbeitet, bedarf es einer starken lustvollen Begabung, Bilder zu entschlüsseln und im eigenen Verständnis weiterzuverarbeiten.

3. *Abstraktionsfähigkeit.* Schon weil ein Gedicht von seinem Wesen her »dicht« ist, verlangt es, daß der Verfasser sich von Einzelheiten, die dem Stoff anhaften, trennen und ihn ins Allgemeine, bzw. Einfache überführen kann. Die Art und Weise der Abstraktion macht den Stil des Autors aus.

4. *Assoziationsfähigkeit.* Assoziationen sind willkürliche oder unwillkürliche Verknüpfungen von Vorstellungen. Jeder Mensch hat ein unterschiedliches mehr oder weniger ausgeprägtes Assoziationsfeld. Männer haben ein anderes als Frauen, Alte ein anderes als Junge, Asiaten ein anderes als Europäer oder Afrikaner, Poetologen ein anderes als Podologen.

5. *Hintergrundwissen und Erfahrungshintergrund.* Beschäftigt man sich mit Dichtung von der Antike bis zur Gegenwart kommt man nicht umhin, die Bezüglichkeiten mit denen sie angefüllt ist, zu verstehen: Geschichtliches, Religiöses, Symbolisches, Mythologisches, Literarisches. Obwohl wir in einer Medienwelt leben, übersättigt mit Bildern, Zeichen, Symbolen und Emblemen, verstehen wir jene Bilder kaum mehr, auf denen unsere Kulturen aufbauen. Das Nichterkennen der einfachsten Anspielungen aus Märchen, Mythen oder Religion erzeugt Leere und Beliebigkeit. Kein Mensch kann alles wissen, aber lernen, sich Wissensquellen zu erschließen. Ich empfehle alles, soweit es geht, zu klären. Trägt beispielsweise ein Gedicht die Überschrift »Leda und der Schwan«, und ich erfahre nicht, welcher Mythos sich dahinter verbirgt, verstehe ich von dem Gedicht nicht das Geringste oder lese etwas Falsches heraus.

6. *Neugier und Zeitverständnis.* Mitunter kommen uns Gedichte aus anderen Epochen altmodisch fremd vor, so daß

viele schon aus diesem Grunde ablehnen, sich mit ihnen zu beschäftigen. Aber jedes Gedicht ist aus seiner Zeit heraus zu verstehen, formal und inhaltlich. Man muß nur neugierig sein und sich in die Köpfe der Vorfahren hineindenken können. Jede Zeit hat ihre poetischen Regeln und ihren Ton. Auch wenn es in allen Epochen unterschiedliche Einzelstimmen gibt, wird der Dichter stets aus den Erfahrungen *seines* Zeitalters sprechen. Das ist an der Sprache erkennbar. Das Mittelalter klang anders als der Barock, der Barock anders als die Klassik, die Klassik anders als der Expressionismus und der wieder anders als die Lyrik der Moderne. Ein Dichter kann auf Altes zurückgreifen, aber nur, um es neu für seine Gegenwart zu nutzen. Man sollte also zwischen der Lyrik der Jahrhunderte unterscheiden können. Schreibt jemand heute ernsthaft (also nicht parodistisch) im Goethe- oder Rilkesound, wirkt es lächerlich. Bastelt jemand Gedichte nur aus lauter modischen Versatzstücken (z. B. Pop, Markenartikel, technische Neuerungen), allerdings auch.

NEBELKRÄHE – AUSFLÜGE UND AUSFLÜCHTE

Zerpflücke eine Rose, und jedes Blatt ist schön.

Bertolt Brecht

Die meisten Laien mögen es nicht, wenn man Gedichte »zerpflückt«. Sie fühlen sich angegriffen und behaupten, daß es doch egal sei, ob ein Vers gelungen oder mißglückt ist. Lyrik ist für sie etwas Heiliges, Unnahbares. Sicher, Gedichte werden nicht für den Deutschunterricht oder für Germanistikseminare geschrieben. Auch nicht, um Schüler, Studenten oder Lehrer mit Verstiegenheiten zu quälen. Gute Gedichte betören und verstören. Der Klang, das Entschlüsseln der Verse kann Spaß machen, auch wenn das Gedicht nicht zum Lachen ist. Der Genuß im Umgang mit Gedichten kommt, wie Brecht es formuliert, »durch die Anwendung von Kriterien«, also durch die Fähigkeit, gute und schlechte Verse zu erspüren. Schulbuchinterpretationen müssen nicht falsch sein, entpuppen sich jedoch manchmal als Lust- und Phantasiekiller. Lyrik ist bis zu einem gewissen Grade analysierbar, aber es bleibt in ihr ein unaussprechbares Geheimnis.

Das Spannende am Gedicht ist, daß jeder Leser mit seinen individuellen Erfahrungen einen anderen Zugang findet und Unterschiedliches herausliest. Das heißt nicht, daß ein Gedicht, das in jede Richtung auslegbar ist, hervorragend ist. Im Gegenteil: das ist kein Merkmal von Qualität. Beliebigkeit macht ein Gedicht für mich schwer genießbar. Übertriebene Verrätselung allerdings auch. Doch es gibt noch weitere Ursachen, am Verständnis eines Werkes zu scheitern: ich finde mich in der Poetik eines Autors auch nach mehreren Lektüreversuchen nicht zurecht; ich treffe in Kunstsphären, die sich erst in anderen Lebensaltern öffnen oder mir für immer verschlossen bleiben; die Texte sind vom Verfasser vorsätzlich so geschrieben, daß sie mein Verständnis ausschließen (hermetische Gedichte), bzw. die Texte wollen gar nichts bedeuten, sondern reines Klangereignis sein.

Um herauszufinden, wie nah oder fern ein Gedicht verschiedenen Lesern sein kann, habe ich einige Leute aus verschiedenen Berufen und Altersklassen gebeten, sich zu einem (anonym gehaltenen) Gedicht zu äußern:

Nebelkrähe

Was weben die Winde am Schleier,
der Reiher hat einen Kamm!
Im Morgengrauen gabeln klamm
die Wasser am Kalmus.
Die Schleier, sie feiern,
besorgen dem Tag einen Auftritt
im Morgenrock.
Gleich gleitet
die Krähe ins Nebelmeer.

Erreicht haben mich unter anderem folgende Kommentare:

Das Gedicht heißt zwar Nebelkrähe, ist aber eigentlich ein Reihergedicht. Vielleicht ist in diesem Zusammenhang die Nebelkrähe eben nur die Sprachkrähe, eine übergeordnete

Instanz. Die Krähe als zweisilbiger Mehrwert. Jedenfalls saßen, wenn ich morgens durch den Leipziger Auwald radelte, die Krähen still in den Bäumen oder waren gar nicht da, umkreisten den Hauptbahnhof. Aber die Reiher! Sie standen und schauten am Eltserstaubecken aufs Wasser. Daseinsbetrachtung. Ich sah nie einen fischen. Manchmal flog einer auf und davon, als habe er genug vom Dasein des Wassers. Aber die meisten blieben so stehen, auch als die Morgennebel sich aufgelöst hatten. In Holland war es so kalt, daß es morgens nicht mal Nebel gab. Da standen die Reiher an den Grachten und schauten aufs Eis und schienen sich zu wundern. Was war mit den Krähen? *(Jan Kuhlbrodt, 48, Lyriker)*

Nur weil in der letzten Zeile eine Krähe ins Nebelmeer gleiten wird, den ganzen Text nach ihr zu benennen, finde ich sehr dünn. Zeilen 1 und 2 sind zwar durch ein Komma getrennt, schließen gar mit einem Ausrufezeichen. Warum weben die Winde am Schleier, der Reiher hat doch einen Kamm, er könnte sie (die Schleier) doch auch kämmen (was ich komisch fände). Nebenbemerkung: Reiher haben keinen Kamm wie Hühner. Während der Balz stellen sich die Kopffedern auf, was man dann poetisch Kamm nennen kann. Zeile 3: »Im Morgengrauen« – da schwingt für mich »grauenhaft« mit. »Im Morgengrau« genügt doch. Zeile 7: »Im Morgenrock« (und weil dieser gar nicht nötig ist) sollte aus Kitschgründen gestrichen werden. Zeile 9: Warum taucht plötzlich eine Krähe auf? Beim Reiher zu bleiben und den ins Nebelmeer gleiten zu lassen, würde dem Flugbild viel besser entsprechen. *(Rolf Jahn, 60, Grundschullehrer)*

Ich denke bei diesem Gedicht an einen Herbstmorgen an der Rehwiese in Nikolassee, wo ich wohne. Es ist genauso beschrieben: Morgens hängt Wasser an den Pflanzen und es ist neblig. Alles wirkt ganz weichgezeichnet. Wenn dann noch die Krähe ins Nebelmeer gleitet, wird man einen richtig schönen Start in den neuen Tag haben. *(Merle Stockmann, 11, Schülerin)*

Um die Nebelkrähe sehe ich eine Ranke, verwandt mit »und die Ranke häkelt am Strauche«. Annette Droste-Hülshoff scheint der »Nebelkrähe« die Häkelnadel gehalten zu haben. Unsicher, ob ich mit dieser Aufforderung etwas zu diesem novembrigen Gedicht zu sagen, nicht ins Moor oder sonstwohin geführt werden soll, gehe ich zu meiner Versicherung des 21. Jahrhunderts ins Internet. Da ist Hermann Löns der Dichter der Nebelkrähe, nicht dieser an den gabelnden Wassern, sondern seiner, die in der Heide krächzt, und die bei YouTube zu hören ist, nachempfunden der Folkgruppe »Geplärr«. Das war's also nicht, und ich kehre zurück zur Krähe im Nebelmeer und denke mir so, daß dem Nackthalshuhn noch keiner ein Gedicht geschrieben hat... *(Simone Trieder, 54, Schriftstellerin, Journalistin)*

Die Winde weben, die Wasser gabeln, die Schleier feiern und besorgen, der Tag tritt nicht nur auf, er hat einen Auftritt, während der Reiher einen Kamm hat (der Esel hat einen Schwanz, der Baum hat Blätter) und am Schluß muß die Krähe gleich gleiten, weil das Ganze so heißt. Das Gedicht hat eine Anlage zur Komik, die aber nicht gewollt ist. Hier wird personifiziert und mit Tätigkeiten versehen, eines steht hölzern neben dem anderen, und sämtliche Konnotationen werden ignoriert. Die Schleier? Salomes Tanz, das Bildnis zu Sais, ein Gespenst? Der Kamm von Loreley oder Schneewittchen? Der Morgenrock aus Frottee, aus Seide, wer trägt sowas? (Apfel im Schlafrock) Die Nebelkrähe ist nicht bedrohlich, auch kein Schimpfwort. Sie ist nur Titel und gut fürs Nebelmeer. Wie poetisch klingt dagegen schon die einfache ornithologische Feststellung: Die Krähe ist ein Rabenvogel. *(Karlkurt Köhler, 56, Grafiker)*

Dichter im Nebel stochernd. Damit er aus der selbst angerichteten Nebelsuppe herausfindet, wünscht man dem Krähenliebhaber ein im Leben verortetes Thema und mehr Humor mit Saufaktor. An Anspruch zumindest mangelt es ihm nicht. Er hat sein Gedicht in ein metrisches Korsett gezwängt, das hier und da zwickt. So mußte in Vers 3 und 4 »Im Morgengrauen gabeln klamm/die Wasser am Kalmus« das grammatikalisch notwendige »sich« aus formalen Gründen draußen bleiben. Auch die unglückliche Wahl des mehrdeutigen Wortes »besorgen« ist rhythmischen Zwängen geschuldet. Sobald »die Schleier« (es) dem Tag »besorgen«, hat der Autor (ungewollte) Lacher auf seiner Seite. Wenn dann auch noch »Winde am Schleier« weben, statt ihn naturgegeben zu zerreißen, wird der Unterschied zwischen Wollen und Können deutlich. Kunst kommt von Letzterem. *(Anton Leitner, 52, Verleger, Lyriker)*

Das Gedicht, welches einem düsteren nebelverhangenen Morgen mit *gabelnden Wassern* und *webenden Winden* sogar etwas sehr Schönes, Bildliches abgewinnen kann, hat nicht nur etwas Geheimnisvolles, es hat etwas sehr Anregendes, um einen Herbstmorgen nicht ganz so deprimierend wirken zu lassen. *(Fanny Goldmann, 15, Schülerin)*

Die Verse lassen sich als Naturgedicht lesen, dabei Reflex zugleich eines novembermorgendlichen individuellen Befindens. Wenn aber die »Schleier«, »feiernd«, den Auftritt des

Tages besorgen, so fordert dies die weitergreifende Assoziation eines Tagtheaters im Zeichen von Tristesse heraus. (Der »Morgenrock« als lässig Übergeworfenes / als überdröhnende Elektronik.) Die Krähe: in vorchristlicher Zeit (und in etlichen Kulturen noch immer) ein göttliches Wesen, stehend für Wiedergeburt, Wiederbelebung, Erneuerung, Neuerschaffung, Heilung. Daß sie ins allumfassend Versuppte »gleich« hineingleiten, sich also in ihm verlieren, in ihm verschwinden werde, sagen die verheißungsdüsteren Schlußverse. *(Bernd Leistner, 73, Literaturwissenschaftler)*

Diese Miniatur braucht wohl einen guten Interpreten, vermutlich keinen Sachsen wie mich, dem es zuweilen schwerfällt, beim Sprechen das »e« vom »ä« zu unterscheiden. Aber auch beim Lesen entdecke ich doch den spielerischen Umgang mit den Vokalen, also den Farben. Zeit muß man sich lassen, dann beginnen die Farben zu leuchten und die Bilder können entstehen. *(Jürgen Beyer, Musiker)*

Ich habe mich bemüht und mehrfach laut gelesen, aber der Text bleibt für mich spröde. Ich fühle mich wenig eingeladen zum Phantasieren. Da ich es nun soll: Der Wind bewegt den Nebel am Wasser, was den Reiher aufmerksam werden läßt. Der Wind bewegt wohl auch das Wasser, das sich am Kalmus bricht. Es ist früher Morgen und wahrscheinlich kühl. Der Tag ist noch verhüllt, während die erste Krähe einfällt. Die Bilder kommen am Anfang gereimt daher und versinnbildlichen den Gegensatz von weich und hart (Reiher/Schleier, Kamm/klamm). Auch kann ich hell und dunkel indentifizieren (Nebel/Wasser/Nebel/Krähe) – den Übergang von Nacht zu Tag. Schlafen und Wachsein, unterbewußt und bewußt vielleicht. Das Bemühen um Klangbilder geht dann mit feiern und Schleier und besorgen und Morgen und gleich gleitet weiter. Sollte es sich um eine erotische Anspielung handeln? *(Viola Schmidt, Sprecherzieherin)*

Übergang. Tier des Übergangs. Weiß. Schwarz. Friedhof (Leib zu Erde), Feld (Samen zu Frucht, zu Spreu). Fliegender Bodenbewohner. Bewohnerin. Zu ihr gehört Krähennebel, Nebelkrähennebel, doch sie kommt auch ohne aus. »ob ich wisse, daß Krähen einmal weiß gefiedert waren«, lese ich in einem Nebel von Nora Bossong, einem Gedicht. So wie der Rabe von Poe eine Krähe ist, war. Schneekohlenkrähe mit Kohlenschneemantel. Wo sie ist, ist *Nebel.* Wo sie *gleitet,* muß Traum sein. Träumlichkeit. Der Morgenrock verwoben mit dem Nachmittagsrock. Reiher, Nebelkleid, Schleier – was verwoben! Ein Meer, ein Schnee aus weißem Flor, wir sagen Wind, sagen wir Wind. In Klammern, klamm. Dort, wo der Text den Sterz hat. Zu lesen mit dem Kamm. Bevor man wieder geht aus dem Gedicht und etwas Nebel auf die eigenen Wasser legt, dort wo der Tag ist, ein Außerhalbgedicht. *(Ron Winkler, 39, Lyriker)*

Der kleine Text schloß sich auf, als ich ihn – nach erstem Überfliegen – langsam laut las, ein bewährtes Vorgehen. Von Zeile zu Zeile ließ sich eine leise, wie vorsichtig anhebende Meldodie erhören, ein vieltöniges Echogefüge aus stabenden Ws, einem end- und sogleich anfangszeiligen Reimpaar und zahlreichen A-Assonanzen. Die *Wasser am Kalmus* aber lassen mein Wahrnehmen stocken, Kalmus? Das Lexikon behebt dies rasch. Wenn solche Pflanze allerdings gekannt, so vermag sich das von einer am Fenster stehenden oder schon früh durch einen Vorgarten, auf einem Parkweg spazierenden Gestalt Gesehene durchaus als »verschleiertes« Bild eines morgendlichen Tagauftrittes schenken. Eine »gleich« darauf fortfliegende Krähe läßt sie jedoch das Vorsichgehende als das benennen, was es ist: ein im Nebel eintauchender Vogel. Und dies eigentlich kein sonderlich bemerkenswerter Anblick. Jedoch – er gleitet in das *Nebelmeer!* Ein oft, ein üblich verwendetes Bild für dichten Nebel, dessen metaphorische Qualität meist nicht bewußt oder bezweckt ist. Hier läßt es die Textmelodie weiterklingen. Stab- und Binnenreim wie Assonanzen schwingen auch noch in den nüchtern berichteten Schlußzeilen. *(Christel Hartinger, 70, Germanistin)*

Ich finde das Gedicht nach dem ersten Lesen unverständlich, weil es ziemlich unstrukturiert ist. Ich sehe einen von hellem Licht durchfluteten Raum mit wehenden Vorhängen. *Schleier* und *Morgenrock* lösen in mir das Bild einer anstehenden Hochzeit und dem Bräutigam am Morgen, der am Fenster in den Nebel schaut, aus. Beim Wort *gleitet* habe ich eine sexuelle Assoziation. *(Janine Meißner, 23, Schauspielstudentin)*

Das Gedicht vermittelt den Eindruck von Kälte, Einsamkeit, Unheil. Die Bäume auf der Wiese sind nackt, die Gräser verblüht. Alles ist in eine Nebeldecke gehüllt. *Der Reiher hat einen Kamm* erinnert mich an einen traurigen, einsamen, nassen Hund, der allein vor dem Winter steht. Nur die Krähe als Vermittler zwischen Tod und Leben findet sich hier zurecht. Sie zieht sich in den Nebel zurück, als wäre sie sein Begleiter. Auch wenn der *Auftritt* des Tages im *Morgenrock* ein schönes Bild ist, wirkt es für mich eher verschlafen, als wollte der Tag gar nicht so recht rauskommen. *(Florian Donath, 22, Schauspielstudent)*

Die Autorin ist anscheinend fasziniert von Alliterationen (Kamm/klamm); das verhindert eine präzise Beschreibung. Ein Reiher wäre vermutlich empört, seinen Kopfschmuck als Kamm bezeichnet zu finden. Besser vielleicht Federwisch, Federschopf? Warum wird so pathetisch vom Wasser im Plural gesprochen? Und selbst wenn: Müßte es dann nicht heißen, die Wasser gabeln »sich«? Anders gedeutet: Wasser kann »lecken«, »fluten«, »tropfen«, »sickern«, aber kann es stechen wie eine Gabel? Und wo gibt es »klammes« Wasser? Können feiernde Schleier gleichzeitig dem Tag wie ein Diener einen Auftritt besorgen? *(Sabine Peters, 52, Prosaautorin, Kritikerin)*

Nebelkrähe, Nebelkrähe. Die erste Assoziation geht in Richtung immer größer werdendes Fluggeschoß. Das wie Memnos Vögel über Totem kreist, auf leeren Feldern herumpickt, im Müll abtaucht, hartnäckig auf die Reste von Leben, Natur, Geschichte einhackend, sich dabei unentwegt und mühelos an Lebloses adaptierend. Aber diese eine Nebelkrähe hier ist mit sehr anderem im Bund. Um sie herum webt, schleiert, feiert, gleitet es. Eine Art Morgenhymne der Natur. Eine Weihe, bei der die Krähe nicht mehr nebelt, stattdessen aufgeladen von der weihevollen Zusprache um sie herum im Nebelmeer aufgeht. *(Ines Geipel, 52, Schriftstellerin, Poetikdozentin)*

Ich lese das Gedicht M. vor. M. sagt, das fände er aber nicht gut. Ich sage: »Doch, hör mal – Schleier Winde weben, das sind doch schöne Worte«. »Das stimmt«, sagt M. Aber was ist Kalmus? Ein Fluß? Ich lese im Lexikon: Sumpfpflanze mit sich verzweigenden Wurzeln. Kalmus, daraus gewinnt man ätherische Öle, die u.a. zur Parfümherstellung verwendet werden. Nach den ersten beiden Zeilen steht ein Ausrufezeichen. Das ist wichtig: da beobachtet jemand staunend die Natur. Im

Morgengrauen – ich stelle mir vor: ich sitze auf einer Bank und beobachte den beginnenden Tag, von dem ungewiß ist, wie er verlaufen wird. Daran erinnert mich das Wort gabeln. Verschiedene Wege? Auch das Verschwinden der Krähe im Nebelmeer deutet die Ungewißheit des kommenden Tages an. *(Ulrike Borchard, 75, ehem. Auslandskorrespondentin)*

(…)Das Gedicht assoziiert beim Überfliegen mit der Nebelkrähe einen kühlen klammen. Das Gedicht könnte mir durchaus gefallen als ein Natur wahrnehmendes. Es spricht mich an, aber warum komme ich ihm nicht näher? Es holpert. Die Bilder stimmen nicht. Was weben die Winde am Schleier… ja, was denn? Und warum müssen sie weben und dürfen nicht wehen, die Schleier in den Morgenwinden. Das »was weben« assoziiert Walpurgisnacht, ein Versprechen, das nicht erfüllt wird. Es geht woanders lang, zum Reiher. Der Reiher reimt sich, wird zum Kalauer und macht was mit seinem Kamm, den er nicht hat? Dann dürfen die Schleier noch feiern, das ist zuviel. Eier. Eier. Frau Meier frißt den Geier. *(Doris Tschierschky, 73, Schauspieldramaturgin)*

Gar zu seltsam, in diesem Nebel zu wandern: Zwischen wallenden Assonanzen ist das Ganze so kräftig eingenebelt worden, dass es sich fast für etwas Naturlyrisches halten ließe: Vogelflug und Morgengrauen, Ufer, Wasser, Dunst – Die traditionell bewährte Beschwörungskulisse ist vorhanden, allein die Epiphanie bleibt aus. Statt den Blick zu öffnen auf etwas jenseits der Mittel, kippt die Bildwelt bei genauer Betrachtung ins Groteske, in eine Idylle, der alles zuzutrauen ist: Der Schreitvogel, der da auf beidseits kurzen Versfüßen immerhin recht gestelzt daherkommt, ein Friseurutensil dabeihat, ist eigentlich kein Ausrufungszeichen wert, treibt hier doch die ganze Natur Kunsthandwerk: Winde am Webstuhl? Feiernde Schleier? Ob nun in Frottee oder Halbseide, was hier seinen eitlen Auftritt hat, ist jedenfalls kein Tag, ist keine Natur und keine Kunst. Das Gegenteil von beidem: Irgendwie. *(Marianne Mühlichen, 28, Germanistin)*

Auch wenn ich eher rabenhörig – seien es die Kollegen im Huywald oder die inhaftierten Compadres am Merseburger Dom – bin, sind mir die Krähen in ihrer Art volkstümlicher ›Verrabung‹ ebenfalls nah. Ja, ich fürchte, selbst so etwas wie eine Nebelkrähe zu sein. Nebelkrähen sind selten geworden, vielleicht weil man sie mit den Klammgabeln des Kalmus erschrecken mußte oder sich über ihre ambivalente Haltung zur Eindeutigkeit, anders als bei den Saat- und Aaskrähen, lustig zu machen vermeinte. Ich glaube, daß der Morgenrock der Nebelkrähe gar kein Morgenrock ist, sondern ein ausgeblichenes Predigergewand: weil man denkt, jedweden Glaubenskriegergefasel nachsinnen zu müssen, haben die Schleiervögel sich aufs Augen-Essen auf den Schlachtfeldern dieser Glaubenskriege verlegt – ihr Gekrächze verhallt nun ungehört im Wind. *(André Schinkel, 41, Schriftsteller, Archäologe)*

Ein Ufer am See. Leicht vom Wind bewegter Morgennebel hüllt einen Reiher ein und Schilfrohr, das sich aus dem langsam fließenden Wasser erhebt. Erwartungsvolle Stille hängt über der Szene. Da muß noch etwas kommen. Die Nebelschleier wirken wie ein feierlicher Morgenrock. So etwas trägt man, wenn man morgens schon Besucher empfängt. Und dann kommt der Gast: Eine Krähe! Ich bin enttäuscht. Wenn's ein zweiter Reiher gewesen wäre oder wenigstens ein weiser Rabe! Aber eine Krähe! Krähen haben einen üblen Ruf. Mir fällt ein, daß Herbert Wehner den Politiker Wohlrabe eine Übelkrähe genannt hat. Ungemütliche Wörter im Gedicht fallen mir auf: der Morgen *graut* und ist *klamm.* – Nun bin ich auf einmal selbst in das Bild geraten. Das Gedicht meint mich, mein Leben, meinen Tag. Wenn der Tag anfängt – was graut mir da? Wer kommt? – Aber: die Krähe zerstört ja gar nicht den morgendlichen Frieden. Sie stürzt ja nicht krächzend in die Szene. Sie *gleitet* still ins Nebelmeer. Sie gehört dazu. Wo Nebel ist, darf sie zuhause sein. Also will ich sie in meinem Tag willkommen heißen. *(Klaus Grammel, 75, Pfarrer)*

An den Beiträgen kann man gut erkennen, wie unterschiedlich ein Gedicht im Kopf des Lesers arbeitet. Beim Lyrikverstehen ist es zunächst ausschlaggebend, welche Lebens- und Leseerfahrungen der Leser mitbringt. So lassen Schüler (irritiert von der Aufgabe, zu einem Gedicht eigene Gedanken niederzuschreiben) das Krähen-Bild ohne Hintergrundwissen auf sich wirken und gleichen es unmittelbar mit ihrer »Umgebung« ab. Studenten äußern sich unbefangener als Schüler, bleiben aber dem Assoziativen verhaftet. Leser, die als Theoretiker mit Kunst und Literatur zu tun haben, unterziehen das Gedicht einer inhaltlich-formalen, sprachkritischen Analyse; Musiker einer tonalen. Die selbst Lyriker sind, dichten die »Nebelkrähe« gern weiter. Der Pfarrer predigt, bildhaft, mild und weise, zur Gemeinde.

Ein Gedicht ist also etwas »Unfertiges«, ein mehr oder weniger flexibles Material, das bei jedem Leser andere Räume eröffnet. Einiges, was über die *Nebelkrähe* geschrieben wurde, wird der Autor bestätigen, vieles ihn verwundern, über manches wird er den Kopf schütteln. Im Grunde genommen ist es ungehörig, Autoren nach Anlaß und Intention ihres Gedichtes zu fragen oder sie zur Interpretationshilfe zu nötigen. Die meisten lehnen soetwas ohnehin ab oder provozieren nur Unsinn. Fakt ist: könnte der Verfasser das, worum es in seinem Gedicht geht, auch anders (nämlich prosaisch) sagen, hätte er sich die Mühe des Dichtens sparen können. Trotz allem habe ich die Verfasserin der *Nebelkrähe* um einen Kommentar gebeten und dankenswerterweise erhalten:

Zunächst mal: Sprache. Du starrst auf Wunderbares, es faßt dich an der Hand und bettelt: gib mir Gestalt, mit deiner Sprache. Mit meiner Sprache. Ich brauche Zeit, Ort und Stimmung, um in den Zustand zu geraten, den das Schreiben von Gedichten will. Hier ist es das Schweben, das unter Spannung gerät, am ehesten mit den wie Wasser schaukelnden Vokalen und den Realien, die von ihnen erzeugt werden. Der Reiher steht in dem unausgesprochenen Nebel der ersten Zeile dann, der Gegenpol, gekrönt. O, die Freude über die Kalmus-Klammer! Wie oft habe ich das Spiel beobachtet, wie das Wasser die Stängel umspült, ohne die Sprache dafür zu haben. Da ist es gesagt, was ich gesehen habe, und es klammert auch das Morgengrauen ein. Der Reim ist von selbst gekommen, will kommen. Es geht. Die Krähe im Nebel, die Nebelkrähe, streicht den ganzen feierlichen Auftritt durch, um dazuzugehören. Zur Verschwiegenheit. Noch kann sie den Schnabel halten. *(Brigitte Struzyk)*

BEDEUTUNG UND DEUTUNG: GOETHE GEDREHT

Stell dich auf den Kopf und alles wird
Verständlich.

Rolf Haufs

Die Erfahrung lautet also: Die Arbeit des Lyriklesers ist gleichermaßen das Erspüren des Undeutbaren, als auch die Arbeit der Deutung. Viele Gedichte haben mehrere Ebenen. Jede Ebene sollte stimmig sein: die realistische erste, die deutbare zweite und die dritte, die das Unerklärliche, das Geheimnis birgt.

Heidenröslein

Sah ein Knab' ein Röslein stehn,
Röslein auf der Heiden,
War so jung und morgenschön,
Lief er schnell es nah zu sehn,
Sah's mit vielen Freuden.
Röslein, Röslein, Röslein rot,
Röslein auf der Heiden.

Knabe sprach: ich breche dich,
Röslein auf der Heiden!
Röslein sprach: ich steche dich,
Daß du ewig denkst an mich,

Und ich will's nicht leiden.
Röslein...

Und der wilde Knabe brach
's Röslein auf der Heiden;
Röslein wehrte sich und stach,
Half ihm doch kein Weh und Ach,
Mußt es eben leiden.
Röslein...

J. W. von Goethe, um 1770

In jedem Kirchen- und Kinderchor wird das von Franz Schubert vertonte Gedicht als Volks- bzw. Kinderlied gesungen, in jedem Schullehrbuch als hübsches Liebesgedicht, das von einem röschenpflückenden Knaben handelt, vorgestellt. Das ist nicht falsch, aber Dichtung ist Deutung, also deute ich:

Das *Heidenröslein* ist – auf der zweiten Ebene – kein Liebesgedicht. Es handelt auch nicht von einem niedlichen Knaben. Entblättere ich die Verse von ihrem blumigen Klang und lese genau, was da in der Heide vorgeht, wird's schauerlich realistisch: hier findet eine Geschlechterbegegnung, sprich: eine Vergewaltigung statt. Zu diesem Schluß komme ich, weil ich das »rote Röslein« als *Symbol* erkenne und als solches akzeptiere. Das rote Röslein verkörpert nicht die unbedarfte Liebe, sondern ist direktes erotisches Sinnbild: im *Heidenröslein* das der Jungfrau. Auch ist der Knabe keine sechs Jahre alt, sondern hat Sex im Kopf. Er ist vielleicht vierzehn. Im 18. Jahrhundert nannte man alle jungen unverheirateten Männer *Knaben*. Die 1. Strophe gibt sich harmlos: man fällt leicht auf diese Freudentöne herein. In der 2. und 3. Strophe aber geht es um Schmerz, Widerstand und Schändung. ...*ich will's nicht leiden,* gibt das Mädchen unmißverständlich dem Knaben zu verstehen. Aber dieser *brach / 's Röslein.* Er ist penetrant im wahrsten Sinne des Wortes. Dem Mädchen aber *half kein Weh und Ach, / Mußt es eben leiden.* Goethe war in der Zeit, als er das *Heidenröslein* schrieb, ein Stürmer und Dränger. Er wußte um die Erotik als Natur- und Weltgesetz. Der *wilde Knabe* Goethe ist durchaus verwundet aus der Begegnung mit einem *Röslein* gegangen, und hat es dann im Stich gelassen.

Ich weiß, daß viele, die das *Heidenröslein* lieben, sich gegen eine sexuelle Auslegung wehren. Sie wollen Goethe nicht als Schweinkramschreiber sehen. Dichtung aber zielt nicht auf oberflächliche Erklärung, sondern auf Neugier und Reiz; auf das Bedürfnis, aus der Alltagsprosa, den Lehr- und Denkklischees auszusteigen, Grenzen zu überschreiten, das Geheimnis zu erspüren, Gedanken fliegen zu lassen, auch wenn sie nicht das Harmlose bedienen.

KÜHLER KOPF UND HEISSER DRAHT

Wenn man wüßte, aus was für Mist
Gedichte wachsen!

(Anna Achmatowa)

Es ist wahr: Man kann Lyrisches lesen und auch herstellen ohne jegliches Wissen von Gesetzen und Geheimnissen der Dichtkunst, zumal es keine »reinen« Kunstgesetze gibt. Auf die Dauer aber bleibt das Schaffen auf der Basis absoluter Unkenntnis dilettantisch. Sogenannte Naturtalente, die ihr Werk auf eine angeborene und lebenslang unverbildete Begabung bauen können, gibt es äußerst selten. Ich kenne keins. Ebenso dient die oft beschworene Beziehung zwischen »Genie und Wahnsinn« manchem Stümper als Alibi für Faulheit und Unvermögen.

1922 hat der Münchener Psychiater und Kunsthistoriker Hans Prinzhorn seine berühmte, sehr beeindruckende Sammlung mit Bildwerken und literarischen Texten von Geisteskranken veröffentlicht. Er wähnte die Werke der Kranken »authentischer«, echter, als die professioneller Künstler. Die Professionellen würden, trotz einer »Sehnsucht nach inspiriertem Schaffen«, fast nur »intellektuelle Konstruktionen« hervorbringen. Die psychisch Kranken hingegen schüfen ihre Werke fern jedes Wissens, jeder Tradition und ohne Gedanken an ein Publikum. Wahre Kunst, mutmaßte Prinzhorn, entstünde durch Einfühlung, nicht durch Rationalität.

Etliche Texte aus der Prinzhorn-Sammlung zeugen von

poetischer Kraft: es gibt unvermutete Wortzusammensetzungen, Spielerisches, Zwanghaftes, Rührendes, Komisches, oft in tollkühner Rechtschreibung Gefertigtes:

gewaschen

in meine Tasche wallen ich erhalten haben
gegenüber Frau Kiefer Forte piano
für mirgemaß Sonntag auf Fremde…
gegenüber Frau be de Gröl u. Krieg
wo gelage eine Nation veralte
gegenüber Frau Christ dass Fluch ab
schaulustgültig ausserhalb post
gegenüber Frau Sterblicher A. = Hals u. Kopf
Nicht vom Bau innerhaftige Leiche.

Franz Karl Bühler, um 1920

Tripelerdbeerblüthenparfüm / Hochzeitsmarzipantablette / Gamsbartmordelement / Schiesswattewasserscheidestorchenhut…

Hyacinth Freiherr von Wieser

Bei aller Faszination, die von einer Gestaltung ohne Kontrolle des Bewußtseins ausgehen kann, haftet an den Gedichten ästhetisch gesehen ein Manko: das Interessante an ihnen ist der Zufall, das bizarre Einzelne, aber es gibt für mich kein faszinierendes Ganzes. Letztendlich merke ich den Texten an, daß sie nicht gearbeitet sind, zumindest nicht auf kontrollierte Weise. Wissen bringt Erkenntnis. Erkenntnis steigert den Genuß.

Ich kann ganz naiv Musik hören, lesen oder Bilder betrachten und mich daran erfreuen. Größer wird die Freude, wenn ich die *Machart* der Werke verstehe, sie rational durchdringe. Bin ich z. B. mit dem Aufbau einer Sinfonie vertraut, weiß etwas über den Symbolgehalt rösleinbrechender Knaben oder über die Zentralperspektive der Renaissancemalerei, wird mir dies einen höheren Kunstgenuß verschaffen als die naive Rezeption.

Gedichte können Gespräche des Autors *mit* sich selbst, aber nicht *für* sich selbst sein. Zufriedenheit ist keine künstlerische Triebkraft. Privates Unwohlsein hingegen auch nicht. Eine beliebte Antwort auf die Frage, was denn der Ursprung eines Gedichtes sei, lautet: das Gefühl. Das geht bis zur Behauptung, daß Gedichte nicht nur von Gefühlen bestimmt, sondern welche *sind*.

Gedichte brauchen Gefühle. Sie entstehen oftmals aus ihnen und/oder handeln davon. Aber Gedichte *sind* keine Gefühle und erzeugen auch nicht »irgendwelche«. Gefühle *allein* taugen wenig fürs Gedicht. Ich kann beim geringsten Reiz weinen oder lachen und: jedermann hat Gefühle, das ist nichts Besonderes. Gefühl und Verstand sind untrennbar. Bei manchem Dichter nimmt sich der Verstand wichtiger als das Gefühl, bei anderen triumphiert das Gefühl über den Verstand. Gedichte »erziehen« Gefühle, indem sie sie differenzieren und befragen. Bei aller Rationalität braucht der Dichter einen heißen Draht zum Unbewußten. Im Unbewußten lagert eine Menge im Leben des Autors Erlebtes, Verdrängtes und Abgewehrtes. Das poetische Geheimnis, sowie der eigene unverwechselbare Ton speisen sich auch aus dem Unbewußten.

Aus Gefühlen und Unbewußtem kann man den Begriff Seele formen. Oftmals wird behauptet, Poesie sei nur ein anderes Wort für *Seele*. Ich denke, in der Poesie wird die »Seele« in die Struktur überführt. Nicht allein die Substanz des Stoffes entscheidet, sondern deren Ausformung, das Verströmen der Substanz. Bloße Erlebnisse, Empfindungen und Gefühle, mögen sie noch so wunderbar, sensibel, schrecklich oder dramatisch sein – ohne die entsprechende Sprache bleiben sie ästhetisch belanglos. Form allein ist auch keine Kunst, wenn sie nichts Magisches, sinnlich Überzeugendes hat, das mich betroffen macht.

VIBRIERENDE EXISTENZEN

Ein Gedicht soll für sich selbst sprechen, auch wenn es sich oft erst ganz entschlüsselt, wenn ich etwas vom Dichterleben und von dessen Zeit weiß. Ich halte es indes für zweitrangig, wie oder unter welchen persönlichen Umständen einer am Gedicht arbeitet. Ob auf Hochzeitsreise oder im Zuchthaus, im Café, am Laptop oder auf der Intensivstation, ob mit oder ohne Drogen, ob unter Scheinwerfern oder unter der Bettdecke – es interessiert mich wenig. Friedrich Schiller hat beim Dichten an faulen Äpfeln geschnüffelt; Gottfried Benn ist von der Muse geküßt worden, als er Leichen seziert hat; Rainer Maria Rilke ereilten auf Duino Visionen.

Ich finde es interessant, wie Autoren in Prosa über ihre Schreibanfänge reflektieren. Dieses *Wie* wirkt nämlich wie ein Wegweiser zu ihrer Poetik:

> …da war die vibrierende Existenz meiner archaischen Kindheit im elektrischen Feld eines präzisen Kontextes der absoluten Wortkonstellation… (Durs Grünbein)

> Ich notierte auf einem grünseidenen Kanapee / mein erstes Gedicht (…) Es ist ein unausgesetztes Rezipieren, ein unausgesetztes Registrieren der schaubaren, hörbaren Welt. (…) rabiate Performance: ich bin / mein eigener Minderbruder. (Friederike Mayröcker)

…Vor warmen Mahlzeiten beteten wir *Aller Augen warten auf dich…* mein Vater sagte: »Du wirst bestimmt mal Dichter werden, und wenn du Rohrabdichter wirst.« (Norbert Hummelt)

…dann wurde ich Vater, musste Rücksichten nehmen, und das hieß: ich konnte nachts nicht mehr auf der Schreibmaschine klappern. Gedichte zu schreiben war mir zur Strategie des Überlebens geworden, eine andere hatte ich nicht; es war Gespräch und Selbstgespräch in einem und der einzige Ort, an dem ich mich nicht verstoßen und verloren fühlte und bisweilen sogar glücklich; es war Ersatz für alles, was mir fehlte. (Kurt Drawert)

Frühe Wörter, die ich hörte, waren meine Wörter, oder, noch bevor ich sie vernahm, Fragezeichen. Tes-ta-men-ta war unbedingt mein Wort für Trotz und Stampfen mit dem Fuß; auswendig bereits, um nicht abgespeist zu werden; kleine Magie vom Staunen gegen die Definition, großer Bannspruch gegen den Anspruch, doppelt gemoppelt, Lärm und Skandal. (Oskar Pastior)

Wie auch immer sich Dichter über ihr Weh und Werden äußern, ob im bengalischen Funkenregen hochtrabender Begriffe, in faßlicher Klarheit oder der Diktion ihrer Verskunst: eingedampft auf die Aussage, was es denn mit der Kunst auf sich habe, erfolgt letztlich stets die gleiche Antwort: Sie kommt zwar aus dem Leben, ist aber nicht das Leben.

DAS VERSPIELTE PAPIER

gedicht ist: das verspielte papier.
gedicht ist: kennungsdienst.
Thomas Kling

Auch wenn in bestimmten »kreativen Zirkeln« die Tatsache, daß es schlechte Gedichte gibt, abgelehnt wird, ist die Welt voll davon. Die Frage lautet nun, wie denn ein *gutes* Gedicht entsteht. Die Antwort ist einfach und schwer zugleich und, wie schon gesagt, jeder würde sie anders beantworten.

Für mein Poesieverständnis steht am Anfang der *Einfall*. Das kann ein komplexer Gedanke, aber auch nur ein einziges Wort sein, von dem aus alles Weitere erwächst. Der Einfall bildet den ersten Vers, bzw. der erste Vers den Einfall. Was der erste Vers nicht schafft, schafft kein weiterer. Das heißt nicht, daß die folgenden Verse minder gut sein dürfen. Der erste Vers ist der Einstand in das Gedicht, das Wichtigste, der Musenkuss. Er geschieht zufällig, blitzartig, aber nicht beliebig. Der Einfall sollte ein eigener sein. Das bedeutet nicht, daß im Gedicht etwas Neues gesagt werden muß. Es kommt auf das *wie* an. Ein poetischer Einfall ist vielschichtig, besonders und merkbar. Und er ist das Gegenteil eines Vorsatzes. Wer sich etwas vornimmt, was im Gedicht verarbeitet werden soll, hat schon verloren. Ein gesuchter Einfall wirkt gesucht und: ein Einfall allein macht kein Gedicht. Er ist allenfalls eine Möglichkeit dazu. Der Einfall ist noch keine Kunst, weil ihm die Form, der Körper, das Gerüst, die Gliederung, die Sprache fehlen. Es gibt auch Einfälle, die sich im Laufe der Textarbeit verflüchtigen – dann handelt es sich wohl um einen Musenfehlkuss.

Obwohl der erste Vers der wichtigste ist, geht die Arbeit danach erst los und zwar in der *Durchführung* des Einfalls. Das geschieht in vielen Fällen als ein Spiel mit den Worten. Dieses Spiel allerdings ist kein einfaches: überall lauern Tücken und Fallen. Kein Wort im Gedicht gehört dem Zufall. Die Sprache hat viel zu leisten: sie muß rhythmisch, anschaulich und sinnlich sein; sie soll klingen, Haltung ausdrücken, Versmaß herstellen, sich reimen oder zertrümmern lassen, Klischees und Mißverständnisse vermeiden, Ungeahntes hervorlocken, Wahrheit verbergen und gleichsam aufschließen, die Worte zum Strahlen, das Material zum Schweben bringen – und das auf kleinstem Raum.

Auch wenn einem Großteil der Gegenwartslyrik die Anhäufung von Material als Grundlage dient, finde ich, daß Lyrik durch den Abbau des Entbehrlichen reift. Ein gelungenes Gedicht enthält im Gegensatz zur Prosa, nur das Sinn-Notwendigste. (Telegramme oder SMSse, nur weil sie ebenfalls aufs Notwendigste reduziert sind, sind deshalb keine Gedichte.) Was nicht zur Erhellung des Sinnes beiträgt, sollte man weglassen. Schon Geschriebenes streichen, tut weh, aber man kann lernen, nicht jedes dahingeworfene Wort sogleich für gelungen zu halten.

Ein Lyriker sollte über sehr viele Worte verfügen, über mehr, als normalerweise im Alltag verwendet werden. Ich meine damit nicht unbedingt Fremd- und Fachsprachen, deren Gebrauch im Gedicht für mich oft modisch oder angeberisch wirkt. Dichtung spielt mit Worten, findet sie neu, prüft und bewahrt sie. Die Worte im Gedicht erfordern strenge Überlegung. Sobald sie jedoch angestrengt wirken, taugen sie nichts mehr. Das wäre wie eine Prima Ballerina, der man die Mühe des Tanzens an verzerrten Gesichtsmuskeln ansehen würde.

Ein Gedicht lebt von der *eigenen* unverwechselbaren Sprache des Verfassers. Er steht sozusagen unter Ausdruckszwang. Der Ausdruckszwang ist nur einleuchtend, wenn er echt ist, der Einfall also keine bloße Idee. Er sollte durch den Lyriker hindurchgegangen sein: »Ich kann nur aufschreiben, woran ich mit dem Kopf gestoßen bin. Oder was ich geküßt habe.« *(Uwe Kolbe)* In wenigen Zeilen muß der Dichter viel von sich zeigen, aber nicht nur von sich als Privatmann oder aus der Schatulle seines Unterbewußtseins, sondern auch von der Zeit, in der er lebt. Diese Balance erfordert sehr viel Geschick und, wie schon gesagt: schöne oder schreckliche Gefühle reichen nicht aus, die hat jeder. Obwohl das Jahrhundert beim Lyriker immer mitspielt, kann das Gedicht auf Informationen, neueste Erkenntnisse oder Erfindungen weitgehend verzichten. So etwas wissen andere Sprachgattungen besser darzulegen. Ich schließe mich Goethe an, der sagt, ein Dichter sollte der »Welt der Dinge und der Geisterwelt gleichermaßen die Treue halten«.

Wenn es schon in einem Gedicht um *Ereignisse* geht, sollten sie nicht nur privater Natur sein. Die Trauer über den gestorbenen Wellensittich oder die Wut über den Nachbarn, der einem an den Zaun gepinkelt hat, ist lächerlich. In der Kunst geht es immer um Großes, auch wenn es am Kleinen abgehandelt wird. Eine Nachricht im Gedicht kann spärlich oder wohlbekannt sein, ausschlaggebend ist, in welches Licht sie gestellt wird. Das Licht ist das, was den Poeten ausmacht: es ist sein eigenes. Ob und wie es den Gegenstand (Stoff, Thema) bestrahlt, verblendet, verdunkelt, verschummert oder enttarnt, das zeigt das Können. Das zeigt sein Stil. Von Stil spricht man, wenn man an den Werken eines Autors typische, wiederkehrende, relativ gleichbleibende und allgemeine Merkmale der Art und Weise, wie er also Sprache und Gedanken auswählt und formuliert, erkennen kann.

Bevor ein Autor zum eigenen *Stil* findet, wird er epigonenhafte Phasen durchleben und seine Lieblingsautoren kopieren. Kopien sind eine gute Übung. Man nimmt von bedeutenden Dichtern Gedanken und Rhythmen auf, die man selbst nie hätte. Das ist wichtig, um sich auszuprobieren, sollte aber spätestens nach dem ersten Gedichtband Eigenes erkennen lassen. Stil ist mehr als ein Charaktermerkmal der sprachartistischen Fähigkeiten des Dichters, er ist Ausdruck seiner Haltung zur Welt, und – dieser Satz stammt von Gottfried Benn: »Stil ist der Wahrheit überlegen.«

Das Problem ist, daß viele Laien kein Stilgefühl besitzen und auch keinen eigenen Stil entwickeln können. Leider steckt hinter jedem fehlgeleiteten Autor stets jemand, der ihm Talent bescheinigt. Für seine Texte steckt er Lob von Freunden und Verwandten ein. Professionelle Kritik lehnt der Fehlgeleitete ab, weil sie seiner Meinung nach die Schaffensenergie entzieht. Mit der Behauptung »Kritiker sind Räuber der Kreativität« beruft er sich auf Goethe, der seine Kritiker ebenfalls verachtete. Aber auch das ist wahr: kein Autor kann alles. Jeder ist beschränkt in seinem Stoff, seinem Erleben, seiner Sprache.

TEIL 2

Es gibt keinen Künstler, auch keinen Lyriker, dessen Werk außerhalb der Kritik steht. Ihn kann das gräßlichste Schicksal der Welt ereilt haben: schlimme Kindheit, gescheiterte Ehe, Krankheit, Armut, Ausgrenzung, Zuchthaus, Krieg, Verfolgung, Vernichtung – das ganze Arsenal der Hölle – seine Gedichte müssen mit denselben literarischen Maßstäben gemessen werden wie die eines Poeten, der von größeren Schicksalsschlägen unbehelligt geblieben ist. Ein schlechtes Gedicht wird durch eine erschütternde Biographie nicht besser und ein gutes Gedicht nicht schlechter, nur weil es der Verfasser entspannt unterm Apfelbaum geschrieben hat.

Auch Intentionen sowie das sogenannte politische Engagement, also ob oder inwieweit der Dichter für oder gegen eine aktuelle Lage Stellung nimmt, ist für die Bewertung seiner Lyrik unerheblich. Die Moral oder Unmoral eines Dichters, ob sein Schreiben und Handeln gefällt oder nicht – darüber wird in allen Zeiten gern palavert, aber es geschieht in außerästhetische Kategorien.

Auch wenn es ein Vorzug der Lyrik ist, unfertig zu sein, und sich der Könner vom Nichtkönner dadurch unterscheidet, daß er stets um das Bruchstückhafte seines Werkes weiß, behaupte ich: es gibt vollkommene Gedichte. Nun sind Begriffe wie Vollkommenheit oder Schönheit nicht in ein paar Sätzen zu definieren. Es gibt eine Menge historischer, sozialer und kultureller Unterschiede und eine noch größere Menge Geschmacksdifferenzen. Gern wird mit dem Sprichwort »Wat dem Eenen sin Uhl, ist dem Annern sin Nachtigall« jede Qualitätsbestimmung der Kunst abgewiesen. Ich denke, man kann Kunst, zu der die Lyrik ja zählt, in gewisser Weise beurteilen und sein Urteilsvermögen schulen. Über Geschmack sollte man streiten.

Findet man im Lebenswerk eines Autors zehn vollkommene Gedichte, ist das viel. Auch einem großen Lyriker unterlaufen mittelmäßige oder miserable Gedichte. Letzteres hat in der Regel zwei Ursachen: entweder der Verfasser hat sich zu wenig Mühe gegeben oder zu viel. Im ersten Fall liest man einen blassen Abklatsch einer sonst beeindruckenden Sprache, im zweiten eine unfreiwillige Selbstparodie.

Im Folgenden versuche ich, einige ausgewählte Gedichte näher zu beleuchten. Mit den meisten lebe ich seit vielen Jahren, mit einigen bin ich nur mäßig befreundet, andere sind mir fern. Ich bin mir bewußt, daß die von mir gebrauchten Genre- und Themeneingrenzungen heikel sind, zumal ein Gedicht gleichzeitig Liebes-, politisches, religiöses, komisches, Naturgedicht, Mundart- und Spielexperiment sein kann. Auch werde ich Poetologisches nur anreißen. Womöglich wird man mir einen zu engen Lyrikbegriff vorwerfen, da ich weder auf Rock-, Pop-, Rap-, Hiphop-, Song- noch Schlagertexte eingehe. Auch visuelle und konkrete Poesie spare ich aus. Ich beschränke mich in der Textauswahl, bis auf eine Ausnahme, auf deutschsprachige Gedichte. Bei den Zitaten aus der Amateurlyrik handelt es sich um bereits in Büchern oder Zeitschriften veröffentlichte Texte. Ich habe sie dennoch anonym gehalten, da es mir nicht um Kritik an Autoren, sondern um die Einsicht in das Mangelhafte der Texte geht. Ein Text steht für viele seiner Art.

EIN KNOCHEN FÜR MAMA

Kunst & Kitsch

Das Schwerste in der Kunst ist das Einfache, und der Grad zwischen Kunst und Banalität ist schmal. Einfache Sprache ist nicht mit einfältiger Sprache zu verwechseln. Einfache Sprache bedeutet, daß der Autor unverstellte Gedanken kunstvoll in unkomplizierte Worte faßt, die, so simpel sie dem ersten Anschein nach klingen mögen, existentielle Tiefen ausloten. Viele Volkslieder haben diese Qualität.

Verschneiter Weg

Es ist ein Schnee gefallen
Und ist es doch nit Zeit,
Man wirft mich mit den Ballen,
Der Weg ist mir verschneit.

Mein Haus hat keinen Giebel,
Es ist mir worden alt,
Zerbrochen sind die Riegel,
Mein Stüblein ist mir kalt.

Ach Lieb, laß dich's erbarmen
Daß ich so elend bin,
Und schleuß mich in dein Arme!
So fährt der Winter hin.

nach einer Handschrift 1467

Dieses Lied hat für mich seine Faszination bis heute nicht verloren. Ein Winterbild wird eröffnet, wie ich es von alten Gemälden kenne. Aber der Winter ist nicht nur die schön-gewaltige Natur, es ist der Winter des Lebens, und: die leere, vor Einsamkeit erstarrte Welt. Das Ich kann seinen *Weg* nicht gehen, weil er von Unglück verschneit ist. Man *wirft ihn mit Ballen* – das ist keine kindliche Schneeballschlacht, das ist Verachtung und Ausgrenzung. Das Ich ist arm, sein *Haus hat keinen Giebel.* Das Haus ist am Ende seiner Existenz wie sein Bewohner, eine Rettung nicht in Sicht. Auch die Liebe, die in der 3. Strophe angerufen wird, ist bei aller Hoffnung unsicher. Das Elend dieses Menschen meint ein Weltelend. Einfacher und eindringlicher kann man es nicht in Verse bringen.

Kalte, traurige Welt

Brennende Gefühle von einer überirdischen Kraft
machen mich zum Hirnkrüppel meines Daseins.
Tränen sind in mir wie ein weites Meer
können nichts mehr löschen.
Ist es nur mehr ein Warten auf die kalte Asche
des Nichts?

Der Unterschied zum *Verschneiten Weg* ist: der Text klagt nicht, er jammert; er klingt nicht, er tönt. Nichts ist gestaltet, alles wird nur behauptet: daß die Welt kalt und traurig sei, die Gefühle brennend und daß das, wodurch auch immer, geplagte Ich schrecklich weinen muß. Der Verfasser überträgt seinen privaten Zustand auf die *Welt*, drunter tut er's nicht. Dies geschieht mit Allgemeinplätzen wie *Tränen* und *Meer* oder *kalte Asche des Nichts*. Eine *überirdische Kraft* macht das Ich zum *Hirnkrüppel* – ein unpassender Slang-Ausdruck inmitten von

Klischees. Von Versen ist der Text weit entfernt. Er könnte allenfalls als Tagebucheintragung eines Teenagers durchgehen. Die Sprache ist nicht einfach, sondern eindimensional, weil: Es gibt darin nichts zu entdecken. Ich habe keine Fragen.

Trümmer 45

Da fand ich mich
Und band mich in ein Tuch:
Ein Knochen für Mama
Ein Knochen für Papa
Einen ins Buch.

Inge Müller, um 1960

Ich kenne kein zweites Gedicht, das den absurden Wahnsinn kriegerischen Mordens in solch atemberaubender Verdichtung behandelt. Die Verse verdrehen schmerzhaft den bekannten Mutterfütterungsspruch, der kleine Kinder zum Essen animieren soll: »Ein Löffel für Mama, ein Löffel für Papa und einen für dich«, und den Aschenputtel-Abzählreim »Die guten ins Töpfchen / die schlechten ins Kröpfchen«. Nur hat bei Inge Müller das Kind gar keine Mutter mehr, die es füttern kann. Aschenputtel hockt nicht hinterm heimischen Herd, sondern in der Asche der Kriegsruinen. Es herrscht Hungersnot. Kein Prinz, der den Alptraum auflöst, ist in Sicht. Das Kind derart verloren, daß es, irre vor Angst, durch die Trümmer stolpernd, sich selbst zu den Toten zählt: *Da fand ich mich….* Die Knochen sind Aschenputtels einziges Gepäck. Beim letzten Wort denke ich an das »Buch des Lebens« (die Vorstellung von einem göttlichen Verzeichnis, das die Namen aller Gott wohlgefälligen Menschen enthält), sowie an »Märchenbuch« und »Gedächtnis der Menschheit«.

Blut

Wieder sind dreißig Menschen
zerrissen worden
in Nicaragua
von einer Mine der Contras

Unter den Toten waren
zwölf Kinder und zwölf Frauen
Die Mine wurde gezündet
unter ihrem fahrenden Auto

Wenn das Blut hinfließen könnte
zu dem, der es möglich gemacht hat
es zu vergießen, wie lang
müßte Präsident Reagan sich waschen?

Erich Fried, um 1988

Erich Frieds Texte erfüllen, was von einem großen Publikum gern von Lyrik verlangt wird: Alles aussprechen, einfach und für alle verständlich sein. Anders formuliert: der Autor soll stets genau das sagen, was er meint. Ob in politischen oder Liebesangelegenheiten: Fried tut seiner Leserschaft diesen Gefallen. In seinen Texten, die er Gedichte nennt, gibt es kein Rätselraten, keine Doppelbödigkeit, keine Wortneuschöpfungen, keine Spitzfindigkeiten oder sonstwelche komplizierte Denkanforderungen. Dafür eine Menge guter Ratschläge, Meinungen, Erkenntnisse, Aufrufe und Bestätigungen. Das Beste ist, man liest Frieds Gedichte als Prosa. Wie man in alten Tonaufnahmen hören kann, hat er es selbst so gehalten.

Den Bestsellermarkt füllen Texte ohne jegliche poetische Merkmale. Man nennt sie auch Geschenktexte, Herzens-, Erbauungs-, Seelen- oder Gebrauchspoesie. Schon in der Art, wie die Verlage, in denen soetwas erscheint, die Werbetrommel rühren, zeigt, wie fern sie sich von wirklicher Poesie befinden:

> Die Gedichte sind die reinste Sommer- und Sonnenkur. Es fließt viel Herzblut darin, als wäre von zarten Schmetterlingsflügeln auf Papier gebracht, was unsere Seele sein könnte… (zu Hans Kruppa)

> Muße und die Bereitschaft, sich ansprechen, bewegen und erschüttern zu lassen, sollte der Leser mitbringen. Mit der Rastlosigkeit und Gleichgültigkeit unserer Zeit vertragen sich die Gedichte nicht. (zu Kristiane Allert-Wybranietz)

> Die Gedichte, denen einfühlsame Fotografien beigesellt sind, spenden aufbauende Gedanken für Genesende. Sie inspirieren und schenken eine Atempause für die kleine Flucht aus dem Alltag. (zu Anselm Grün)

Auch manche Lyrikerinnen, die zur oberen Dichter-Liga gezählt werden, verhüllt die Werbung in seelenvolle Nebelwolken:

> Es sind Gedichte, die zu den Menschen sprechen. Sie treffen und bewegen viele und bringen manche dazu, den Austausch mit der Autorin zu suchen. (zu Rose Ausländer)

> Sie schreibt Verse in zärtlich-weiblichen Rhythmen, die jeder versteht, weil sie von Dingen handeln, die alle erleben. (zu Mascha Kaléko)

Der Wunsch nach Seelsorge, Weg- und Selbstfindung ist sicher ein respektabler Grund, Gedichte zu lesen, aber werden solche Texte als Kunst vermarktet, degradiert man sie.

Wunsch

Ich möchte mich ins wahre Leben schreiben,
kein Ziel, nur Wege die zu Worten führen,
Spuren auf die man sich verlassen kann.

Rose Ausländer

Ja, sage ich, solche Wünsche habe ich auch. Dennoch berührt mich das Gedicht wenig. Nicht die Aussage mißfällt mir, sondern daß sich der Text nicht tiefer ergründen läßt. Die Bilder sind sehr allgemein (das *wahre Leben* – was ist das?). Ich lese ungern Lyrik, über die ich nur sagen kann: Genau so kenne ich das. Das habe ich auch schon erlebt. – Ich liebe Gedichte, nach deren Lektüre ich ausrufe: Das kenne ich auch, aber *so* habe ich es noch nicht gelesen!

Man braucht nur eine Insel
Allein im weiten Meer
Man braucht nur einen Menschen
den aber braucht man sehr.

Mascha Kaléko

Ich denke sofort an Robinson und Freitag, fürchte aber, Mascha Kaléko hat diese Assoziation nicht gewollt und lediglich nach Kinderart gereimte Behauptungen aufgestellt. Und ich zweifle diese an: Kein Mensch *braucht nur eine Insel/Allein im weiten Meer.* Er würde dort wohl kaum überleben. Kalékos Aussage zielt auf das Bild der »Rettungsinsel«. Sie hat es aber nicht durchdacht und bleibt dem Insel-Meer-Klischee verhaftet. Vers 3 und 4 sind ebenfalls ungenau. Braucht man nun *einen* Menschen oder einen *Menschen?* Und wieso *aber?* Mit Verlaub, das Gedicht ist nicht mehr als ein Spruch aus dem Poesiealbum.

Bei aller Kritik: Rose Ausländer und Mascha Kaléko sind wahrhafte Poetinnen gegenüber folgenden Schreibern:

Wir sind im Einklang mit uns selbst,
wenn wir nicht nach der Pfeife
anderer Leute tanzen
sondern auf die innere Melodie hören.
Die unser Herz anstimmt.

Anselm Grün

Scheitern, aber nicht verbittern.
Betrogen werden, aber nicht betrügen.
Illusionen aufgeben, aber nicht die Hoffnung.
Enttäuschung erleiden, aber nicht resignieren,
Tränen verlieren, aber nicht die Träume.

Hans Kruppa

Tief durchatmen.
Das Lebendige in dir bewegen.
Ihm gestatten, zu leben.
Das mußt du,
wenn du die Welt bewegen willst.

Kristiane Allert-Wybranietz

Tief durchatmen, das muß ich bei dieser Lektüre in der Tat. Einfältig verpackte Allgemeinplätze und Statements posieren hier als Gedichte. In simpler Sprache wird ein Du oder ein

Wir angesprochen. Die Zeilen geben sich mutmachend, moralisierend und auffordernd, aber sie verwechseln Literatur mit Lebensberatung. Das wichtigste Thema dieser Art Texte ist die Behauptung, deren wichtigstes Merkmal die Kunstlosigkeit. Sie sind überdeutlich, alltäglich, unmetaphorisch, unglaubhaft, spott- und ironiefrei. Wenn etwas verspottet wird, dann das Intellektuelle, Komplizierte. Oftmals sind die Texte spirituell gefärbt. Letztlich vermitteln sie alle möglichen Werte, nur keine poetischen. Ich halte sie allesamt für Kitsch.

Was ist eigentlich Kitsch? Der Begriff stammt wahrscheinlich vom mundartlichen *kitschen,* was so viel wie »Dreck hinschmieren« bedeutet. Er kam nach 1870 auf, wo sich im Münchener Kunsthandel die Nachfrage nach billigen, sentimentalen, »soßig braunen« Modebildern häufte. Um 1920 wurde Kitsch (Trivial-, Massen- und Modekunst) als Abgrenzung zur »hohen Kunst« verwendet. Markenzeichen des Kitsches sind u. a. der unreflektierte Genuß von Stimmungen, der Hang zur bequemen Wunscherfüllung, Aufnahme der Welt ohne eigenen Gestaltungswillen, Konfliktlosigkeit, dümmlich Tröstendes und leichte Reproduzierbarkeit (Kunstgewerbe). Kitschige Kunst und Literatur erkennt man daran, daß sie nicht auslegbar ist, also keine Interpretation zuläßt. Der Philosoph Ernst Bloch meint: »Kitsch ist die Abwesenheit vom Bösen in der Kunst.« Auf das meiste mag das zutreffen, doch auch Krankheit, Tod, Krieg und Katastrophen können verkitscht werden. Davon zeugt beispielsweise die nazionalsozialistische Blut-und-Boden-Lyrik. Kurt Drawert urteilt: »Kitsch ist Körperverletzung.« Nun besitzt zwar jeder Mensch, auch ich, seine heimliche Kitschecke, und nicht jeder Heileweltvers ist gleich eine ästhetische Katastrophe; im Großen und Ganzen jedoch halte ich Kitsch für gefährlich, denn er hat stets mit Verlogenheit zu tun und wird zu kommerziellen, politischen und ideologischen Zwecken mißbraucht. Das Problem ist: was *ich* und Gleichgesinnte als Kitsch ablehnen, wird von anderen gefeiert. Heute ist die Frage: was gilt als »Kunst«, was als »Kitsch«? nicht immer leicht zu beantworten. Kitsch übt einen beträchtlichen Einfluß auf die Marktmechanismen bzw. die Kulturindustrie unserer Konsumgesellschaft aus. Manch anerkannter Künstler ist vom Banalen und Trivialen fasziniert und herausgefordert. Kitsch-Art ist im Kommen, und sogenannte Lyrik von Grün bis Kruppa spielt da fleißig mit.

ICH ZWITSCHERE EINEN MIT MEINEM SCHNABEL

Naturlyrik

Welche Tiere

Welche Tiere hab ich gesehen
welchen Himmel, welche Tiere
welchen Himmel, welches Gras

das Zittergras habe ich gesehen und
die Tulpe, die Angsttulpe, in diesem
Kelch randalierte ein Kind

welche Tiere, welchen Himmel
ich habe den Laubfrosch gesehen
ich habe ihn nicht berührt.

(Björn Kuhligk, 2013)

Welch sonderbares Gedicht. Ich bin sofort aufs Schönste verwirrt. Beginnt es mit einem hymnischen Anruf der Schöpfung oder befindet sich das Ich in einem naturhaften Taumelzustand? Zweimal tauchen in einer karussellartigen Drehbewegung *Tiere* und *Himmel* auf. Aber Taumel und Begeisterung brechen jäh ab. Das *Gras*, wird zum *Zittergras*, die *Tulpe* zur *Angsttulpe*. Im Bild des im Blumenkelch *randalierenden Kindes* erkenne ich ein panisch durchgedrehtes Däumelinchen. Die Tulpe, Sinnbild für Liebe und Zuneigung, steht auch für Vergänglichkeit. Abermals werden Tiere und Himmel beschworen. *Ich habe den Laubfrosch gesehen.* In einer fast entschuldigenden Geste versichert das Ich: *ich habe ihn nicht berührt.* Es ist nicht irgendeine x-beliebige Amphibie, die der Dichter nennt, es ist *der* Laubfrosch. In der Bibel zählt der Frosch zu den unreinen Tieren, weil er »auf der Erde wimmelt« und diese wegen der Sünde unter einem Fluch steht. Aus der Naturwissenschaft wissen wir: wer einen Frosch berührt, kommt womöglich mit dessen Giftdrüsen in Kontakt. Im »Märchen vom Froschkönig« wird der Frosch allerdings von der Prinzessin geküßt und verwandelt sich in einen Prinzen; und wer nicht ängstlich sein soll, dem rät man: Sei kein Frosch. – Björn Kuhligks Gedicht verströmt das verstörende Geheimnis von Schönheit und Angst, Erhabenheit und Vergänglichkeit.

Ein Daseins- und Erlebnisraum des Menschen ist die Natur. Die Lyrik baut auf dem Erlebnis, das der Mensch mit der Natur hat, auf. Naturgedichte beziehen ihren Stoff aus der Pflanzen- und Tierwelt, den Landschaften, Jahreszeiten, Naturelementen oder menschlichen Leibesleiden, um etwas darüber hinaus zu sagen. Die verwendeten Ingredienzien sind auf Menschliches übertragbar, bzw. geben dem unmittelbaren Natureindruck Gestalt. Ein Naturgedicht sollte von einer überzeugenden poetischen Idee erfaßt sein, das heißt: sich gesellschaftlicher Bedingtheiten annehmen.

Schon im 7. Jahrhundert vor Christus verfaßten Griechen und Römer medizinische und naturphilosophische Lehrgedichte. Nikander z. B. schrieb Verse über Schlangenbisse, Vergil das Landwirtschaftsepos »Georgica«. Ziel dieser Poesie war weniger sachliche Belehrung, sondern die Inszenierung eines Tummelplatzes für Götter und Musen. Im 9. Jahrhundert wurde in Walahfried Strabos Garten- und Kräutergedichten oder in Barthold Hinrich Brockes Gewitter-, Kirschblüten- und Walfischversen (18. Jahrhundert) exzessive Beleuchtung von Naturdetails betrieben, aber selbst die heftigsten Belehrungsabsichten waren durchdrungen von Gleichnissen, Allegorien, Ermahnungen oder göttlichen Danksagungen. Jede Kunstepoche gebrauchte die Natur auf ihre Weise. Freilich ist nicht jede Übertragung aufs Menschliche automatisch ein Zeichen für Qualität. Da gibt es neben Schönem und Bezauberndem naturlyrische Mißgriffe zu verzeichnen: bräsige Belehrung, pathetische Wucherungen, klischierte Blümchenkranzflechterei oder biedere Landschaftstümelei.

Letzte Hoffnung

Hier und da ist an den Bäumen
Noch ein buntes Blatt zu sehn,
Und ich bleibe vor den Bäumen
Oftmals in Gedanken stehn.

Schaue nach dem einen Blatte,
Hänge meine Hoffnung dran;
Spielt der Wind mit meinem Blatte,
Zittr' ich, was ich zittern kann.

Ach, und fällt das Blatt zu Boden,
Fällt mit ihm die Hoffnung ab,
Fall ich selber mit zu Boden,
Wein' auf meiner Hoffnung Grab.

Wilhelm Müller, 1823

Diese Verse, 1824 von Franz Schubert vertont, stammen aus der »Winterreise«. Der Gedichtzyklus ist für mich, seit ich ihn achtzehnjährig das erste Mal gehört habe, in allen Lebensaltern von bestürzender Gegenwärtigkeit. Im Kapitel über Politische Lyrik komme ich darauf zurück. *Letzte Hoffnung* lese ich als Verlustanzeige einer wie auch immer gearteten Hoffnung. Ein psychischer Sterbevorgang findet statt. So volksliedhaft schlicht die Verse sind, so hochgespannt ist der Vorgang. Das letzte *bunte Blatt* am Baum symbolisiert das Ich selbst. Der *Wind*, der Winter (das Lebensende) reißt es nicht einfach ab – er *spielt* mit ihm. Am Schluß steht der Tod, die Desillusion. Eine persönliche, die einer ganzen Epoche und darüber hinaus.

Hoffnung

Das Glück entfloh mir und huschte vorbei,
scheu wie das flüchtende Reh,
und wieder harr ich auf Frühling und Mai,
bis die Kirschen blühen am See.

Ob auch die Hoffnung gefangen liegt
in weißer, in frierender Haft,
sie träumt von der Lerche, die trillernd fliegt!
Und Sonne hat siegende Kraft!

Gedulde dich, du mein zagendes Herz!
Laß schneien, so weiß es mag!
Will hoffen im Frost, will jubeln im Schmerz:
mein wartet ein blühender Tag.

Mathilde von Bayern, um 1900

Ich erinnere mich, daß meine ersten poetischen Ergüsse, die ich als DDR-Arbeiterkind verfaßt habe, ähnlich klangen wie die der jungen Prinzessin im Deutschen Kaiserreich. Nur hatte ich den Vorteil, daß mich dafür keiner auf den Parnass gehoben, sondern in die Kritikmangel genommen hat. Abgesehen davon, daß der Sound der siegesgewissen Verse um 1900 Mode war und der Schreibanlaß womöglich in der Ahnung der Verfasserin, jung sterben zu müssen, lag – das Gedicht ist eine Fingerübung. Das Glück *(scheues flüchtendes Reh)* und die Hoffnung (von *der Lerche träumend)* einer Personifikation zu unterziehen, ist zwar möglich, wirkt auf mich aber unbedarft und naiv; ebenso geschraubte Wendungen wie *Und Sonne hat siegende Kraft* oder *Mein wartet ein blühender Tag*. Das Verbot, *Herz* auf *Schmerz* zu reimen, hat unter anderem seine Ursache in Gedichten wie die von Mathilde von Bayern.

Älter werden

Als du den Weg herabkamst,
traten zwei Sträucher, blutrot,
über den Weg auf dich zu.
Aber du gingst mittendurch.
Blasser werden die Herbste
mit jedem Jahr. Aus deinen Augen
dreht sich der Ahorn, umwirbelt
von Wahnsinnsblättern, im Tanz.

Thomas Rosenlöcher, um 1995

Das Gedicht beginnt mit einem Abstieg. Das Du kommt einen *Weg herab*. Es stellen sich ihm *zwei blutrote Sträucher* in die Quere, und es geht unbeirrt *mittendurch.* Am Ende tauchen wirbelnde Ahornblätter auf. Hier interessiert nicht das Herbstlaub, wie es oft in platten Herbsthymnen herumwirbelt. Rosenlöchers Verse stecken voller Symbolik und allegorischem Zauber. Sie sind so lebenswirklich wie magisch. *Weg* bedeutet Lebensweg. Das Du befindet sich im »Herbst des Lebens«. Jeder über vierzig hat schon einmal seiner verblühten Jugend nachgeseufzt, doch bloße Seufzer in der Lyrik bleiben zuständlich und ideenlos. Vielschichtiger als das Weg-Symbol ist für mich das der *blutroten Sträucher.* Botanisch handelt es sich womöglich um zwei Rotahornsträucher (lat.: Acer rubum), bei deren Anblick den Autor die Muse geküßt haben könnte. Aber Rotahorn, so beeindruckend dieser in der Natur ist, so wenig taugt er für ein Gedicht. Weiter deute ich den »brennenden Dornbusch« aus der Bibel. Er erschien Mose auf dem Berg Horeb. Theologen haben die Allegorie in viele Richtungen hin gedeutet. Weltliche Forscher mutmaßen, daß es sich »in Wirklichkeit« um einen Brombeerstrauch oder um Aschwurz (Diptam) handelt. Ob Aschwurz oder Rotahorn – das genau herauszufinden, wäre interessant, ist für die Dichtung aber unerheblich. Naheliegend scheint mir, neben der göttlichen Erleuchtung, das Sexualsymbol des brennenden Busches: das Feuer, das den Strauch nicht verbrennt. Rot ist die Farbe der Macht, der Liebe und des Aufstandes. Ich lese: auch wenn *die Herbste blasser werden*, die Kraft abnimmt, bleibt doch die Lebens- und Liebesgier. Dem Ich wird schwindlig, es verliert die Ordnung. Der Tanz der Ahornblätter ist im wahren Sinne des Wortes umwerfend. Wenn sich nicht, wie in gewöhnlichen Herbstgedichten, die »Blätter *vor* den Augen drehen«, sondern, wie in diesem, »*aus* den Augen«, so sind das in der Tat *Wahnsinnsblätter*.

Blätter fallen, gelbgebrannt,
Ein Strauß von Laub liegt auf den Gassen.
Nieder flieht ein Regenschwall,
schwindet leise zwischen Steinen.
Die Wolken ziehen westwärtslang,
und heimatblau blüht hier der Himmel:
Heute atme Abendwärme,
nachtens wird es Winter werden.

Ein Gedicht muß auf jeder Ebene stimmen, auch auf der ersten, hier: der Herbstlaubebene. In diesem Text stimmt gar nichts. Zeile 1: Blätter können nicht *gelbgebrannt* sein. Jedes Kind weiß: sie verfärben sich nicht durch Verbrennen, sondern durch Chlorophyllentzug. Zeile 2: *Ein Strauß von Laub* wären gebündelte Blätter, und was soll ich mir unter *einem* Strauß, der in *den* Gassen liegt, vorstellen? Zeile 3: Ein Regenschwall kann nicht *niederfliehen*, er kann nur niedergehen oder niederprasseln. Zeile 4: Der Verfasser meint »verschwinden«, wählt aber das falsche Wort *schwinden*. Zeile 5: gemeint ist: die Wolken ziehen westwärts. *westwärtslang* ist ein Verlegenheitswort, weil anders das Metrum nicht gefüllt wäre. Zeile 6: ein *heimatblau blühender Himmel* ist Kitsch in Reinform. Zeilen 7/8: ein verkorkstes Bild für die Binsenwahrheit, daß dem Herbst der Winter folgt, und das Wort *nachtens* ist völliger Unsinn.

Abend am Fluß

Der Fluß bringt Tag und bringt den Abend mit.
Sein Spiegelwald ist hart vom Wald getrennt
Durch einen Weg, schmal wie ein Messerschnitt.
Der Wind, der Kraft und Schwäche kennt

Schläft mit den Vögeln in des Walds Geäst.

Wenn du jetzt bittest: bitte sag doch was
Sag ich dir gern: der Weg ist schmal und fest
Der Wald ist schweigsam und der Fluß ist naß.
Doch wenn du fragst, warum sich rings nichts regt
Wend ich mich ab und denke, weil ich muß:

Auch wenn kein Wind mehr unsern Wald bewegt
Bewegt der Wald sich. Sieh den Wald im Fluß.

Karl Mickel, 1960

Die unspektakuläre Überschrift sowie das klassische Metrum verweisen auf eine Sonnenuntergangsidylle. Tatsächlich scheint der Autor mit dem altbekannten Beschaulichkeitsvokabular Fluß, Abend, Wald, Wind und Vögel eine solche herzustellen. Nur: die Mickel'sche Idylle trügt. Der Wald, der sich im Fluß spiegelt, ist *hart* von ihm *getrennt, durch einen Weg, schmal wie ein Messerschnitt.* Das klingt bestimmt und kaltrational. Der *Spiegelwald* ist nur Schein, das Traumbild des Waldes. Schon im 1. Vers wird für mich klar, daß es sich beim Fluß nicht um irgendein Fließgewässer, sondern um ein Lebenssymbol handelt. Die Naturkraft Wald deutet auf Unbewußtes, Unerklärliches. Der Waldrand weist auf eine bevorstehende Trennung hin. Der Wind, hier Gleichnis für die Energie erotischer Liebe, erfahre ich: hat sich gelegt. Er *schläft mit den Vögeln in des Walds Geäst,* ergo: es wird nicht mehr »gevögelt«. Daß es sich um ein Beziehungsgedicht handelt, wird mir ab Strophe 2 klar. Wie aber ist es um das Paar bestellt? Am abendlichen wind- und wortstillen Wald bittet die Frau den Mann, ihre erloschene Beziehung mit einer

Erklärung wieder zu entfachen. Die Dinge sind, wie sie sind. Die Frau bohrt weiter: aber *warum*? Der Mann wendet sich von der Unglücklichen ab und *denkt* sinngemäß: auch wenn nichts mehr zwischen uns läuft, ist doch die Liebe nicht aus der Welt. C'est la vie. Mickels Naturgedicht kann man auf der zweiten Ebene als Liebesgedicht lesen und es dabei belassen. Aber es gibt noch eine dritte, eine politische Ebene. Karl Mickel schrieb das Gedicht 1960 in der DDR, einem Land, wo der Widerspruch zwischen gedachter und gelebter Utopie und Realität heftig zutage trat: Trotz (geistig-politischer) Windstille bewegt sich, durch das stete Fließen des Flusses (Geschichte), das Spiegelbild des Waldes (Gesellschaft). Der *schmale*, mit einem *Messerschnitt* verglichene *Weg* unterstreicht den Widerspruch. Fatales Fazit: die geschichtlichen Bewegungen sind nur scheinbar, aber in den Träumen der Menschen gibt es sie noch. Oder: die Gesellschaft wird immer bewegungsloser. Der Fluß der Geschichte wird sich bewegen. Eine Bewegung ist auch die Spiegelung selbst. Was für ein vertracktes, flirrendes und gleichzeitig einleuchtendes Bild; ein Geheimnis, dem ich mich nicht entziehen kann.

Die Werra von Kassel, Frühlingsbeginn 2001

Sehr tröstlich, am Wasser entlangzugleiten,
Wasser in welchem sich Stämme spiegeln,
Stämme, dabei sich zu belauben,
Laub, welches hilft, an den Frühling zu glauben,
Frühling, geschickt, den Trost zu besiegeln,
Trost, welchen Bäume am Wasser bereiten.

Robert Gernhardt, 2001

Das Gedicht hat Rhythmus, ist ordentlich gereimt, kommt ohne allzu verquere Bildfindungen und ohne den üblichen Gernhardt'schen Lustigkeitston aus. Das ist mir sympathisch. Woran es dem Gedicht jedoch mangelt: an Genauigkeit und einer mir einleuchtenden Idee. Zunächst: Was deutet darauf hin, daß es sich um *Die Werra bei Kassel* handelt und nicht um die Zschopau bei Flöha oder die Mindel bei Offingen? Auch wenn es legitim ist, den Leser auf den genauen Ort und die Zeit, in der dem Autor etwas widerfahren ist, hinzuweisen, ist die Überschrift ein wenig beliebig. Was geht im Gedicht vor? Jemand gleitet am Wasser entlang (ich frage mich, auf welche Art dieses Entlanggleiten geschieht) und sieht im Fluß gespiegelte Baum*stämme*. Da es nicht Bäume, Baumstümpfe oder Äste heißt, nehme ich an, es handelt sich um radikal zurückgestutzte Bäume, von denen nur noch Stämme übrig sind. Diese Stämme *belauben* sich nun. Das Bild ist ungeschickt gewählt, weil es sich nicht um eine magische Erscheinung, sondern um wirkliche Baumstämme handelt. Laub treiben bedeutet Frühling (Lebensbeginn), und der Glauben an den Frühling wiederum Trost für den Betrachter, welcher in einer untröstlichen Situation steckt.

Innerhalb der Naturgedichte sehe ich *Tiergedichte* als diejenigen, die selten die Sphäre der Poesie erreichen. Aus der deutschsprachigen Literatur kenne ich nur Rilkes »Panther«. Gedichte, in denen Tiere vorkommen, gedeihen am besten in der Parabel, im Komisch-Ironischen oder Lautspielerischen. Ob Goethes versaute Reinecke-Fuchs-Gesellschaft, Wilhelm Buschs weiser Schuhu, Joachim Ringelnatz' verringeltes Seepferdchen, Ernst Jandls kotzender Mops oder Heinz Erhardts trauerndes Madenkind – fast immer haben populäre Tiergedichte ein ordentliches Maß an Komik. Ich vermute, das liegt daran, daß Tiere, anders als Pflanzen und Landschaften, Verhaltensweisen zeigen, die die Menschen seit Urzeiten mit ihren abgleichen. Ob Mikrobe oder Mammut – sie sind für das Gedicht nur interessant, wenn wir uns in ihnen wiedererkennen.

Zaunkönig

Ich zwitschere einen mit meinem Schnabel
Weil ich so ein lustiger Vogel bin,
Habe ich doch einen in der Krone,
Und sei es auch nur ein (H)uhu,
Der den Zaun festhält.

Und bin ich auch nicht Reich-
Noch Zepterinhaber,
Habe ich doch einen in der Krone,
Und sei es auch nur ein Nagel,
Der den Zaun festhält.

Und bin auch nicht vornehm,
Weil ich so schaukele,
Habe ich doch einen in der Krone,
Und sei es auch nur ein Handschuh
Der am Zaun bleibt.

Doch wer immer du auch seist,
Den ich in der Krone habe,
Du kleiner da oben:
Damit ich nicht stürze,
Weil ich König heiße;
Halte den Zaun fest!

Uwe Greßmann, um 1965

In einer Äsop-Fabel erscheint der Zaunkönig als kleiner Vogel, der den mächtigen Adler in einer Wette überlistet und somit Symbol der Schlauheit wird. Der Vogel, den Greßmann in der Krone hat, ist der Zaunkönig und ein Plebejer, der sich sturzbesoffen am Zaun entlanghangelt und auf royales Verhalten pfeift. Den Vogelnamen nimmt der Autor wörtlich und zeigt durch das Sinnspiel auf seine absurde Gegenwart: König eines Zauns sein. Jeder der beschwipst schwankenden Verse birgt eine Redewendung: »einen zwitschern«, ein »lustiger Vogel sein« oder »einen in der Krone haben«. Das Gedicht wurde in Ostberlin von einem absoluten Außenseiter geschrieben. Es zeigt, bei aller verspielten Schrulligkeit, den Widerstand gegen eitle Autoritäten.

Widerstand anderer Art leistet die Verfasserin dieses Gedichtes:

Die Drossel singt

Wenn ich sage: Die Drossel singt,
So will das nicht viel sagen
Für den, der nicht weiß, wie der Drosselsang klingt.
Er kann nicht übertragen
Was an meinen Worten wirklich ist.
Ihm fehlen Bilder und Töne.
Nur wenn man sie an Erfahrungen mißt,
Verwandeln sich Worte ins schöne
Gefühl. Man erweitert sie
Um Zeiten und um Welten.
Wem nie die Drossel sang märzmorgenfrüh,
Dem kann mein Wort nicht gelten.

Eva Strittmatter, um 2009

Wiedererkennung und leichtes Verstehen – beides trifft hier zu, obwohl die Strittmatter'sche Drossel weit über die vogelkundlerische Ebene hinaus ihre Stimme erhebt. Drosselgesang gilt in der Tiersymbolik als »künstlerisch«. Das lyrische Ich weiß bescheid und erklärt dem Leser, was es mit dem Kunstverständnis auf sich hat: wer nicht sehen, hören und schön fühlen kann, versteht keine Poesie. Ich stimme ihr da zu. Doch die Drossel vorliegender Verse, fürchte ich, meint die Verfasserin selbst. Ihre Beschwerde richtet sich gegen die Mißversteher ihrer Lyrik. Da gab es zu Lebzeiten Eva Strittmatters etliche, vor allem unter Dichterkollegen. Obwohl die Autorin ein Millionenpublikum besaß, litt sie unter den Spottvögeln des Literaturbetriebs und wehrte sich mit der Selbstbehauptung: wer nie hat eine Drossel singen hören, also: wer von (ihrer) Kunst nichts versteht, ist ein Banause und kann ihr gestohlen bleiben.

Der Besuch

Ich bin die Krähe
Mein Name ist Arrevidercі
Ich soll Sie grüßen von meinem
Großen Bruder dem Raben
Nevermore

Karl Mickel, 1998

Krähen und Raben sind die mystischsten und symbolträchtigsten ihrer Art und ornithologisch Geschwister. Die schwarzen Vögel symbolisieren sowohl freche Intelligenz als auch drohendes Unglück. In der Literatur kreisen sie um den Berg des Barbarossa, werden von Hexen auf dem Buckel getragen, junge Männer verwandeln sich in Raben; oder Raben strangulieren sich, wie Hans Huckebein nach dem Genuß von

Heidelbeerlikör. Das bekannteste Raben-Gedicht stammt von Edgar Allen Poe aus dem Jahr 1845. Es trägt den Titel »The Raven« und ist in fast alle Sprachen der Welt übersetzt worden. Karl Mickel greift dieses Gedicht 1998 auf. Den *Besuch* des *Nevermore*-krächzenden Todesvogels, dem sich Edgar Allen Poe in etwa einhundertfünfzig Versen ausführlich widmet, hat Mickel auf fünf Verse reduziert: kein epigonaler Abklatsch, sondern eine Meisterleistung des schwarzen Humors, geschrieben angesichts des eigenen Todes. –

Das kriegen wir hin

Ich, meine Katze. Meine Katze, ich.
Wir leben im Lande, wir schlippen die Milch.
Unser Kikeriki scheucht den Garaus.

Elke Erb, 1975

Drei Verse, die für mich beim ersten Lesen wie harmloses Schnurren klingen. Das lyrische Ich bildet mit der Katze eine symbiotische Einheit, nur durch ein Komma getrennt. Perfekte Harmonie, wie ich sie vom Fellstreicheln kenne. Vers 2 enthält eine sonderbare Auskunft: *wir leben im Lande*. Das Wort *schlippen* verwendet man in mitteldeutschen Sprachregionen für den schlappernd-schlürfenden Genuß von saurer Milch. Ich sehe Mensch und Katze gemeinsam schlippen. So kurios, so friedlich. Der 3. Vers verblüfft mich: *Unser Kikeriki scheucht den Garaus*. Was ist mit diesem einvernehmlich schlippenden Katzenmenschpaar? Wohnt es mit einem Hahn zusammen, oder macht es selbst »kikeriki«, gibt freche, unnatürliche Laute von sich? Einem Tier den *Garaus* machen, bedeutet, es zu töten. Den Garaus mit *kikeriki* zu scheuchen, heißt, sich mit kätzischem Eigensinn zu wehren. Die Szene ähnelt jener im Märchen von den Bremer Stadtmusikanten, wo das schrille Tierensemble (Esel, Hund, Katze, Hahn) vereint die Räuber in die Flucht schlägt. *Das kriegen wir hin* lautet die lakonische Überschrift dieses kleinen Gedichts. Elke Erb hat es in der DDR geschrieben, in einer Zeit, in der zahlreiche Intellektuelle und Künstler »ihrem Land«, eine andere als die geforderte/erwartete Stimme gaben, Arbeits- und Auftrittsverbot erhielten, in den Westen ausreisten, bzw. ausgewiesen wurden. Das zu wissen ist nicht unwichtig, da sich das Gedicht wahrscheinlich erst aus dem Hintergrund des Zeitgeschehens heraus wirklich erschließt.

Katzen auf Kreta

Schatten Gesichter
Schatten an den Wänden
Und gegen Abend vielleicht einen Laut
Demut
Steine statt Brot
und endlich
der Tod.

Der Text macht einen geformten Eindruck, doch schon die Überschrift enthält einen Hinweis auf das Laienhafte. Jeder, der schon einmal südliche Länder besucht hat, kennt herumstreunende herrenlose Katzen. Besonders berüchtigt dafür ist Kreta. Heißt ein Gedicht also *Katzen auf Kreta*, ahne ich sofort, was mich erwartet. Erfüllt ein Gedicht dann diese Erwartungen, hat es seinen eigentlichen Sinn, nämlich zu neuer Einsicht zu führen, zu irritieren, verloren. Dabei beginnt das Gedicht mit zwei ausbaufähigen Zeilen. Doch schon die dritte driftet ins Ungenaue: was für ein *Laut* ist gemeint? Ganz allein steht das Wort *Demut*. Wer soll wem gegenüber Demut zeigen? Die Katzen Gott gegenüber? Die Menschen den Katzen gegenüber? Oder soll ganz allgemein die Demut vor dem Leben erwähnt sein? Ich erfahre es nicht. Stattdessen kommt schwergewichtig ein Bibelzitat daher: *Steine statt Brot* (»Wer von euch ist Mensch, der, wenn sein Sohn um Brot bittet, ihm einen Stein geben würde?«) Dieses Zitat, naiv auf verwaiste Kretakätzlein bezogen, zielt auf herzzerreißende Anklage, ist aber lediglich Klischee. Das Gleichnis hinkt. Katzen fressen kein Brot, auch nicht, wenn sie am Verhungern sind.

Vorwinterlich

(…) Die Katze friert
Am Trottoir.
Und wie der Mond nun höher schwirrt –
O stiert
Da nicht einäugig her das Kältetier,
Der Winterstier, pflaumblau, nackt, ohne Haar.

Georg Britting, um 1925

Eine Katze muß nicht in Tierschutzlyrik verenden. Diese Verse sind unaufdringlich, dennoch von einer Bildkraft, die anzieht und verstört. Der Autor wählte nicht das deutsche Wort Gehweg, sondern das französische *Trottoir,* in dem die Bedeutung des langsamen lustlosen Laufens mitschwingt. Das Bild der frierenden, dahintrottenden Stadtkatze erzeugt bei mir kein Mitleid mit dem Tier, sondern das Gefühl eigener Einsamkeit, die mich in einer solchen Situation überwältigen kann. In der Metapher des hochschwirrenden *Mondes* klingt die Vorwinteridylle metallisch. Da sehe ich es durch die eisige eiserne Nacht stieren: ein *nacktes, pflaumblau* verfrorenes Fabelwesen, das *Kältetier,* den sich androhenden Winter. Es ist, wie alle *einäugigen* Phantasiekreaturen, monströs. Die Katze, das heißt »wir« werden ihm womöglich erliegen.

Auch *Medizinisches* kann für die Lyrik nur Sprachmaterial sein. Krankheiten, die keine künstlerische Abstraktion/Verfremdung erfahren, gehören in die Krankenakte oder ins Tagebuch. Auch in Briefen und (Auto)biografien sind Leibesleiden gut aufgehoben. So berichtet Friedrich Schiller seiner Frau Charlotte in einem Brief von Blähungen und Blattern, jedoch sind ihm seine Malaisen keinen einzigen Vers wert. Es gibt bedeutende Gedichte über Versehrtheiten. Dabei handelt es sich fast immer um welche, die sich durch Sinnesausfälle oder -veränderungen auszeichnen: Blindheit, Stummheit, Melancholie, Geisteskrankheit oder mythologietaugliche Verwundungen (Achilleus/Siegfried). Solche Leiden reichen in die Metaphernebene. Mit Fußpilz, Schnupfen, Zahnweh oder Haarausfall punktet man bestenfalls im humoristischen Fach. Selbst ein reiminfizierter Mediziner, der dem Bauchtyphus einen Platz in der Dichtkunst einräumen will, dient lediglich der Belustigung:

Typhus abdominalis

Es träumt ein geschlossner Follikel
im Dünndarm trüb und still:
vor ungelöschtem Sehnen
das Herz ihm brechen will.
Die Zellen, sie dehnen und blähn sich
in hyperthrophischen Glanz,
ein fieberisch Wehen durchzittert
die reticuläre Substanz. (…)

Dr. W. Flemming, aus dem
»Liederbuch für deutsche Ärzte, 1870

Pestilenzen, Krebs- oder Aidsleiden werden nur in Ausnahmefällen im ernsthaften Gedicht erwähnt und wenn, dann wohl kaum als versgewordene Fallbeschreibung:

Aids

und da zaunoazt drogt a maskn
gummehandschuach iwa dhänt
und i loch und dawisch sei gnack
mid mäne bluadichn zaent

Ernst Jandl, 1995

In diesem galgenhumorigen Vierzeiler geht es nicht um Aids, sondern um die moralische Ächtung von Menschen, die mit etwas »Todbringendem« behaftet sind. Im Gedicht sieht der Aidskranke vor sich den mit Mundschutz und Gummihandschuhen bewehrten Zahnarzt, der glaubt, sich mit diesen Verhüllungsmaßnahmen vor dem Tod sichern zu können. Da kann der Patient nur hähmisch lachen, denn da ist das blanke Genick des Arztes und, einem Vampir gleich, verspürt er den Wunsch, seine blutigen Zähne in die Halsschlagader zu graben. Im feinsten Wiener Schmäh formt Jandl aus dieser makabren Situation ein Gstanzl.

Goethe beklagte sein Leiden an der Syphilis, die er sich in Italien zugezogen hatte, am Ende der »Römischen Elegien« in Hexametern:

Unflat oben und unten! Ich mußte fürchten ein Unflat
Selber zu werden, ein Schwamm, faules verlorenes Holz...

Ich ahne Goethes persönliche Not. Ich weiß, wie sich ein faules schwammiges Stück Holz anfühlt und kann es leidnachspürend auf die Männlichkeit übertragen. Gottfried Benn, der seinen Gedichten von »Krebsbaracke« über »Syphilisquadrille« bis »Hirnanadyomene« ganze Instrumentenkisten medizinischen Vokabulars implantiert, profiliert sich dennoch nicht als verseschmiedender Dermatologe, sondern als einer, der den sezierenden Blick durch eine hinfällige Gesellschaft hat. Also nicht Krankheit oder deren Symptome selbst sind ihm gedichtwürdig, sondern deren symbolische Kraft. Mehr noch als eigentliche Leiden taugen Krankenhäuser, Spitäler und Nervenheilanstalten für poetische Ausleuchtungen der Zeit.

Goldener Engel und Anthrazit

Heute besuchten mich sechs schmatzende Saugnäpfe
Ein goldener Engel (fahrbar) trat hinzu und fragte
Darf ich Ihre Lunge röntgen?
Eine Ente stand unter einem Baum
Und schnatterte wo ist Ihr Wasser
Vier kleine Hunde liefen um die Wette auf meiner Blutbahn
Zwei Teufelshunde fraßen die Sieger
Aus den Kellern kam Fellklatschen
Der Anthrazitfarbene fuhr
Schon zum dritten mal vor

Rolf Haufs, 2010

Hier spricht ein Ich, das durch Medikamente, Fieber oder traumatische Erlebnisse einen lebensbedrohlichen Zustand im überheiterten Wahn erfährt. Statt der sachlichen Tristess einer Arztvisite, spielt sich hier vor Augen des Patienten kurioses Theater ab: EKG- und Röntgenapparate, Urinflasche und Infusionsschläuche erscheinen als Komparserie. Verwunschen als Engel, Tier und Teufel vereinnahmen gestaltgewordene Gegenstände die Seele des Ichs. Ein schrecklich komisches Zaubermärchen spielt ihm der Tod. Rolf Haufs hat dem Klischee des »schwarzen Wagens« (Leichenwagen) mit dem Wort *Anthrazit* etwas Edles verpaßt. Wie im Märchen fährt er drei mal vor. Eine andere Assoziation ist die des in anthrazitfarbenes Tuch verhüllten Todes. Das Grandiose des Gedichtes ist die in heitere freie Verse gebrachte und somit »bezwungene« Todesfurcht. Kein Allgemeinplatz, kein Ton der Klage, des Jammerns, der Angst oder Vergeblichkeit.

In der Krankheit

Herbstlich da draußen und herbstlich da drinnen;
Schauernd in's Kissen drück' ich die Stirn;
Fiebergestalten nimmer zerrisssen –
Wie sie im Tanze sich grinsend verwirr'n!
Wirbelnde Nebel, Tagesgespenster,
Halten die Sonne gefangen – o Qual!
Und durch das düster umlagerte Fenster
Späh' ich vergebens nach rettendem Strahl.
Plötzlich, wie ist mir? – Die greulichen Sippen
Schwinden – und leuchtend durchzuckt es mein Hirn –
Siehe! Du bist es! – – Mit kühlenden Lippen
Küßte mein sorgendes Weib mir die Stirn.

Ernst Scherenberg, um 1890

Veröffentlicht wurde soetwas massenhaft unter anderem in der »Gartenlaube«, einem nationalkonservativen Unterhaltungsblatt, Vorläufer unserer heutigen Illustrierten. Der Text ist durchaus bildhaft. Aber diese Bilder sind epigonale, das heißt den Klassikern und Romantikern nachgeahmte und durch mangelnde eigene Schöpferkraft dünngehechelte Versatzstücke. Der Fieberwahn, von dem das Ich geplagt ist, wird mit pathetischen Worthülsen belegt. Besonders bizarr ist der Schluß: Da tritt eine spießbürgerliche »edle Haltung« zutage: Rettung des von *greulichen Sippen* heimgesuchten Fieber-Ichs durch das mit *kühlen Lippen* küssende, *sorgende Weib*. Ein bißchen Schiller-Balladenton, ein bißchen Storm-Gebraus – schon klingt's nach hehrer Dichtkunst. So dachte man um 1890. So denken einige Freunde der Poesie heute noch immer; und in der Amateurlyrik gedeihen Verzweiflungs-, Trost- und Ratgebertexte über Krebs, Borderline oder Blindheit:

Das blinde Kind

Zwei schmale Kinderhände berühren mein Gesicht,
erahnen und erschauen ohn' Sonn und Augenlicht.
Und streichen tastend weiter mir über Stirn und Haar,
daß bald auf meinen Wangen ein Tränenbächlein war.
Das Kind fühlt es mit bangen. Sanft trocknet's mein Gesicht.
Ganz naß war schon das Tüchlein, doch half's noch immer
nicht.
Da drückt es seine Wangen, das fremde, blinde Kind,
an meine – bis die Tränen mir bald getrocknet sind.

Nein, das ist kein Gedicht aus der »Gartenlaube«, sondern eins, das 1995 geschrieben und in einem Privatverlag verlegt worden ist. Ein Beispiel reinsten Leidenkitsches im Sound des 19. Jahrhunderts.

Mehr als die Krankheit will der *Tod* bedichtet werden. Die Beschäftigung mit dem Tod in der Kunst hat mit Transzendenz, also dem Überschreiten des sinnlich Erfahr- bzw.

Wahrnehmbaren zu tun. Poesie ist selbst transzendent, soweit sie den Anspruch der Existenz eines Restgeheimnisses für sich erhebt. Der Tod ist das größte Restgeheimnis, das es gibt. Auch er interessiert den Lyriker nicht als klinisch-medizinischer Zustand, sondern als Phänomen der Sinn- und Weltdeutung. Wir alle, auch die coolsten Jenseitsleugner und frömmsten Jenseitsverfechter, haben Angst vor dem Tod. Angst ist eine poetische Triebkraft:

Schlußstück

Der Tod ist groß.
Wir sind die Seinen
lachenden Munds.
Wenn wir uns mitten im Leben meinen,
wagt er zu weinen
mitten in uns.

Rainer Maria Rilke, 1900

In diesen wunderbaren Versen erscheint mir die Angst aufgelöst im Bewußtsein der Todes-Natur. Der Tod wird als *groß* bezeichnet und wir, die Menschen, gehören ihm – unmerklich und selbstverständlich. Kein finsterer Thanatos lauert auf, sondern ein Tod, der sich, (*weinend*), als eine Bewegung, ein Vorgang, *mitten im Leben* befindet. Er kommt tänzerisch auf daktylischem Versfuß. Mit alliterierendem Reimband umschlingt er mich, wie in alten Zeiten ein Liebeswerber seine Braut.

Wie Rilke wehrt sich auch Artmann gegen die Angst vor dem Tod:

o mein rosenfarber mund
wie bist mir sehr erblasset
ich kann es noch nicht fassen
man tragt mir schon die lichter
durch einen tränennebel
die vögel schrein aus feuchtem grund
der kannibal der truhen
hat dich zutiefst ins herz geküßt
der abend ist gefallen diese stund
auf deinen leib so kühl und jäh
ade, ade zur zeit der schäferei
und grüß dich dunkles käferreich
ich steh vor deiner mauer
schon kommen sie mit fackeln
mit viel gebet und prozession
naht sich der trauerhaufen
mit stillverhaltnem atem
zerschneidet man das letzte brod
und ich allein am weißen tuch
seh nimmer mond und sterne

H. C. Artmann, 1955

Mit selbstironischem Trauerpathos und wienerischer Koketterie mit dem Morbiden geleitet mich der Dichter auf seiner/einer kirchlichen Begräbnisfeier. Das surrealistische Szenario der Artmann'schen Exequien besticht durch die Trinität von Fassungslosigkeit über den plötzlichen Tod, dem religiösen Brimborium der christgläubigen Gemeinschaft und dem Wissen um die Gültigkeit des Lebensendes. Die Feier der Auferstehung von den Toten hat der Autor »ernstgenommen«, indem er sich auf seiner eigenen Beerdigung begegnet. Mit zauberschauderhaften Bildern wie *kannibal der truhen* oder *dunkles käferreich*, sowie dem jambisch nachempfundenen Prozessionsrhythmus schafft Artmann eine gruselige, gleichsam heitere Stimmung.

Die Angst auf Abstand halten gelingt am besten dem Spötter, wobei in jedem Spötter ein Melancholiker steckt:

Es ist ein Schnitter der heißt Tod
Man denkt, er käme im Abendrot
Der Ritter sprach ein eisernes Nein:
Ich schau lieber gleich nach dem Frühstück rein.

Peter Rühmkorf, um 2000

Rühmkorfs Verse sind ein Witz. Allerdings ein sehr raffinierter. Vers 1 zitiert das berühmte Schnitterlied aus dem 17. Jahrhundert. Man findet es in Volksliedersammlungen und im katholischen Gesangbuch. Dieses Lied über den blumenmetzelnden Sensenmann gehört zur schönsten Todespoesie überhaupt. Rühmkorf nimmt in Vers 2 das bekannte Metrum persiflierend auf: »hat Gwalt vom großen Gott« wird zu *Man denkt, er käme im Abendrot*. Das Abfallen des hohen/religiösen Tons auf die irdische Vorstellung (Man denkt, man stirbt, wenn man *alt* ist) schafft abrupt Distanz. In Vers 3 mutiert der Schnitter zum Ritter, der mit plumper Kriegergeste sämtliche Erwartungen niederhaut. Mit dem Schwert, nicht mit der Sense. Vers 4, die Pointe: die flapsige Redewendung »nach dem Frühstück mal 'reinschauen« bedeutet in diesem Zusammenhang »früh sterben«. Ich lache über den Gag, und die Furcht ist abgedrängt. Von Furchtlosigkeit handelt auch das alte Schnitterlied. Es verweist auf das Jenseits, Rühmkorf auf das Nichts. Beides hat seine Gültigkeit.

Man kann, wie Artmann und Rühmkorf Distanz zum Tod

schaffen, oder, wie andere Poetennaturen, sich von ihm überwältigen lassen:

Jeden Tag einen Schritt näher tun
in das dunkle Wunder
der Unsichtbarkeit (…)
die Stille ertasten wo dem Wort
unwissend und nur mit Tränen
als einzige Habe
den Ausgang suchend
der mit dem Leben weiterwandert
bis ein Horizont Tod heißt

Nelly Sachs, um 1960

Nelly Sachs versucht das Thema lyrisch zu fassen, aber ihr Zugriff hat für mich keinen besonderen Reiz. Der Tod als *das dunkle Wunder / der Unsichtbarkeit* halte ich für eine Metapher, die das unergründbare Geheimnis des Todes zu leicht erfaßt. Nicht, daß die Verse billig dahingeworfenes Bildwerk wären, sie bleiben nur im Rahmen des allgemein üblichen Seelenvokabulars. Ich ahne, was die Dichterin sagen will: daß der Mensch jeden Tag einen Schritt näher zum Tod hin lebt, unwissend, unsicher, was ihn erwartet. Wer möchte, kann die Leiden des Volkes Israel lesen – für mein Empfinden eher pathetisch als poetisch. Jede Zeile ist wahr, tief gefühlt, aus dem Leidenshintergrund der Autorin heraus zu verstehen. Jedoch: die Verse sprechen nicht zu mir, sie raunen.

Folgendes Gedicht ist so einfach wie rätselhaft:

In meinen Schläfen
baden zwei Eidechsen
die linke ist dienstlich

sie kam mit dem
Fahrrad die rechte ist
privat sie war im Salat

Herta Müller, 2012

In den *Schläfen,* diesem sensiblen Teil des seitlichen Kopfes, *baden zwei Eidechsen.* Ich vermute sie hinter dicken pulsierenden Schläfenadern. Das harmlose Wort *baden* signalisiert einen unheimlichen Vorgang. Ich weiß, daß Eidechsen allenfalls in der Sonne, nicht aber im Wasser, schon gar nicht im Blut »baden« und spüre, ohne daß es ausgesprochen wird, das Schmerzhafte des Vorgangs. Der Schmerz ist die Erinnerung, das ewige Pochen im Schädel des Ichs. Nun ist Herta Müllers Gedicht-Eidechse kein gewöhnliches Reptil, sondern ein Symbol. Die Eidechse gilt als »unrein« und Begleiter des Teufels. Als widerstandsfähiges, schwer zu tötendes Tier verkörpert sie das Böse. Die Eidechse gehört zum Motivkreis der Vanitas, das heißt zur jüdisch-christlichen Vorstellung von der Vergänglichkeit alles Irdischen. Herta Müllers Verse gehören ins 20. Jahrhundert. Als unter Ceauşescus möderischer Diktatur aufgewachsene Rumänendeutsche wußte sie die Todesangst zu codieren. *die linke ist dienstlich* – bei diesem Vers assoziiere ich das politische »links«, stärker noch »link« (betrügerisch, hinterhältig sein). Eine *dienstliche Eidechse:* der Geheimdienst – wie absurd! – auf dem *Fahrrad!* Die *rechte* Eidechse ist *privat* und *war im Salat.* Ich lese: Schnüffelei und Denunziation reichten bis zum häuslichen Salatbeet. »Da haben wir den Salat« bedeutet »Da haben wir die Bescherung, das Unglück«. Die Lakonie der Verse täuscht. Der Tod, herbeigeführt durch hinterhältigen Mord, steckt in jeder Zeile. Man kann es wissen oder auch nur erahnen.

DES MORGENS NÜCHTERNER ABSCHIED

Lyrik & Liebe

Mit dem Lebens- und Dichtungsstoff »Natur« rangiert der der »Liebe« an vorderer Stelle. Viele, die das Gefühl des Verliebt- und Verlassenseins kennen, verspüren irgendwann einmal den Wunsch, sich in poetischer Form darüber zu äußern. Aber gerät daraus immer schon ein Gedicht? Jeder, wirklich jeder Dichter dieser Welt hat sich schon von Erato küssen lassen. Seit ungefähr eintausend Jahren gebiert die abendländische Liebeslyrik neben großartigen, zauberhaften und erregenden Versen auch bergeweise Hingeschmachtetes, Pathetisches, Verklemmtes und allgemein Geschluchztes. Es ist schwer, ein gutes Liebesgedicht zu schreiben, denn gerade die Liebesdichtung braucht den besonderen, einzigartigen Blick auf das, was jeder Mensch kennt.

Entdeckung an einer jungen Frau

Des Morgens nüchterner Abschied, eine Frau
Kühl zwischen Tür und Angel, kühl besehn.
Da sah ich: eine Strähn in ihrem Haar war grau
Ich konnt mich nicht entschließen mehr zu gehen.

Stumm nahm ich ihre Brust, und als sie fragte
Warum ich Nachtgast nach Verlauf der Nacht
Nicht gehen wolle, denn so war's gedacht
Sah ich sie unumwunden an und sagte:

Ist's nur noch eine Nacht, will ich noch bleiben
Doch nütze deine Zeit, das ist das Schlimme
Daß du so zwischen Tür und Angel stehst.

Und laß uns die Gespräche rascher treiben
Denn wir vergaßen ganz, daß du vergehst.
Und es verschlug Begierde mir die Stimme.

Bertolt Brecht, 1929

Das Brecht-Sonett zählt für mich zu den schönsten Liebesgedichten überhaupt. Wobei »schön« weder sittsam noch freundlich meint, sondern etwas in mir auslöst, das ich, obwohl es mir bekannt ist, *so* noch nicht gelesen habe. Was geht im Gedicht vor? Ein Mann hat offensichtlich die Nacht bei einer Frau verbracht, in rationaler Übereinkunft, nicht mehr als diesen einen Beischlaf mit ihr zu vollführen. Doch es kommt anders. Das Rationale wird von einem übermäßigen Gefühl überrascht, ausgelöst durch die morgendliche Entdeckung des Mannes an seiner Bettgenossin: eine graue Haarsträhne. Das erste Anzeichen ihres Alterns. Taugte die Jugend eben noch für's Bett, schlägt das Symbol ihrer Vergänglichkeit den Liebhaber zurück. Gleichzeitig zieht ihn diese *Entdeckung* in einer unbegreiflichen Furcht und Begierde an. Er muß den Augenblick nutzen, da Jugend und Schönheit der Frau vergehen. Nicht die eigene; diese potenzgesteuerte Ego-Geste nimmt sich das Ich heraus. Der *Nachtgast,* sterblich wie seine Gefährtin, greift nach ihrer Brust, als gehöre sie einem schwächeren Wesen. Mit diesem Griff vergewissert er sich der eigenen Standhaftigkeit. Und doch, der Mann fühlt, daß er diese ihm gerade noch leidenschaftlich hingegebene Frau nicht im *nüchternen Abschied* verkommen lassen darf.

Vielleicht ist es nicht einmal Respekt, den der irritierte Liebhaber seiner Gespielin entgegenbringt, sondern nur Protest gegen die Vergänglichkeit und die Einsicht, daß der Mensch letztendlich nicht zum Alleinsein geschaffen ist. Und es ist ein gewaltiges Gefühl, das aufkommt: Angst. Bertolt Brecht wird gern als erotischer Haudegen zitiert. Dieses Sonett ist für mich ergreifender und sinnlicher als jeder brachial strotzende Liebesaktvers.

Vom Altern

Der Liebe wird alles wichtig und lieb:
eine Schattenmulde in der Wange,
das Runzelgeflecht ums Auge,
eine Kindheitsnarbe unter den Zehen,
ein verborgener Makel der Haut,
eine sichtbarer werdende Ader
und die kahle Stelle im Haar.

Jeder Verlust wird auch Gewinn
und mehrt die Erinnerung.
Treuer als Lust macht Zärtlichkeit,
der Schmerz um Vergängliches erneuert.
Aus den Filtern behutsamer Trauer
bergen wir die Schönheit, die bleibt.

Christine Busta, 1986

Was löst der Text von Christine Busta bei mir aus? Leider nicht das, was ich von einem Gedicht erwarte – nämlich eine Erschütterung oder wenigstens Erstaunen. Schon die Überschrift sagt alles und daher nichts. Ihr folgt keine *Entdeckung* wie bei Brecht, sondern die fragwürdige Behauptung: im Alter wird *der Liebe alles wichtig und lieb.* Als Merkmale des *Alterns* zählt Christine Busta ein paar Schönheitsmakel auf, nicht das, womit uns das Leben in der Regel am Ende aufwartet: Zweifel, Krankheit, Angst, Verlassenwerden, Verlust, Todesnähe. So schwärmt die Autorin vom *Verlust,* der zum *Gewinn* wird und *die Erinnerung mehrt.* Das klingt nach Predigt, nicht nach Lyrik. Poesie kann ihren Reiz aus Unlogischem beziehen, vorausgesetzt, daß daraus neue Erkenntnisse erwachsen. Was erwächst hieraus?: *Treuer als Lust macht Zärtlichkeit, / der Schmerz um Vergängliches erneuert.* Ich scheitere schon am Verständnis der Syntax. Und was soll ich mir unter *den Filtern behutsamer Trauer* vorstellen? Wie kann man aus *Filtern* bleibende *Schönheit bergen*? Der Text ist geschrieben, um Trost zu spenden, nicht um subtil Einsicht zu gewähren in das große Thema Liebe und Vergänglichkeit.

Seelisch ermattet. Septemberbeginn.

Libellen flirren im silbrigen Licht:
Metallisches Blau. Der Sommer geht hin.
Die Sonne bescheint mein Altersgesicht.
Nach dem verunglückten Aufschwung zu lieben,
als wäre ich jung, ist mir geblieben,
die letzte Wärme des Jahres zu spüren
und seelisch ermattet, nicht mehr zu rühren
an meinen Schmerz, vielleicht schläft er ein
und wacht nie mehr auf, um mir Wehtat zu sein.

Eva Strittmatter, um 2000

Monate oder Jahreszeiten als Spiegelbild für Leben und Liebe zu verwenden, ist eine gängige Methode in der Lyrik. Leider verrät auch hier – wie bei Christine Busta – die Überschrift das Gedicht, bevor es beginnt. Der *September* als Anfang des (Lebens)herbstes wird mit »seelischer Ermattung« verglichen. Das ist genauso wenig originell wie die Alliteration *Libellen flirren im silbrigen Licht.* In Vers 3 erklärt die Autorin abermals, was wir schon wissen, nämlich daß sie (pardon: das Ich) sich im Herbst des Lebens *(Altersgesicht)* befindet. Ich werde von einem *verunglückten Aufschwung zu lieben* informiert, erfahre aber nichts davon. Nicht daß ich Einzelheiten über den Liebesvollzug wissen will, aber um einen besonderen, überraschenden Blick auf die Konstellation sollte sich ein Lyriker schon bemühen. Eine allgemeine Klage darüber, daß eine Affäre in die Brüche geht, weil man sich getäuscht hat, ist kein Gedicht wert. Eva Strittmatters Text enthält ein einziges bemerkenswertes Wort: *Wehtat.* Die Kalauervariante von »Wohltat« hätte mich als Gedichtüberschrift zumindest neugierig gemacht. Die gereimte Aneinanderreihung von Herz-Schmerz-Zuständlichkeiten, vermischt mit ein paar Herbstlyrismen, langweilt mich. Brechts Sonett hingegen tritt mit mir in Kontakt, fordert, provoziert, erregt.

Gute Liebesgedichte sind für mich immer auch Weltgedichte. Einer der großen Welt-Liebes-Lyriker war der im 14. Jahrhundert lebende Italiener Francesco Petrarca. Aus Liebe zu Madonna Laura (einer verheirateten, kinderreichen Frau) und aus Trauer über ihren Verlust schrieb Petrarca 366 Gedichte, davon 317 Sonette. Ich wähle das 273. Sonett in der Nachdichtung des Leipziger Lyrikers Peter Gosse aus dem Jahr 1982:

Was tust du? Was nur denkst du? Warum blickest
zurück du in die Zeit, die nicht zurückkehrt,
trostlose Seele? Warum Scheit auf Scheiter
schickst du in dieses Feuer, das dich ausbrennt?

Zartlippiges Lispeln, Hersehn voll Verheißung,
das du dir einsprichst, hermalst bis ins feinste
– es ist dahin, es ist nicht mehr die Erde.
's ist nicht die Zeit, du weißt das doch: es suchen.

Ach, halte nicht am Leben, was dich tötet.
Nicht unterhalt den Trug betörender Träume.
Sicheres wag! Es muß Sicheres geben!

Den Himmel suchen wir, wenns uns hienieden
nicht behagt. Wenn Schönheit uns verzagt
noch da sie fortging – das ist Unglück.

(Francesco Petrarca, um 1348)

Es ist eines der wenigen Gedichte, die ich auswendig kenne und es mir oft aufsage. Das kann in einer verfahrenen persönlichen Situation vorkommen oder, mehr noch, in einer verdrießlichen gesellschaftlichen Lage. Das Sonett trägt für mich beides. Die Frage des lyrischen Subjektes an sich selbst, warum denn die *trostlose Seele* unablässig das Feuer der eigenen Verzweiflung schürt, ist eine rhetorische. Ob sie nun die Liebe betrifft oder das Streben nach einer humaneren Welt. Der schmachtende Liebende redet sich zu: laß es sein. Aber er kann es nicht lassen, weil da eine ungeheure Kraft wirkt. Die Kraft drängt zum Ziel, zehrt einen aber auch selber aus. Wer eine bewunderte, aber vergebliche Liebe oder Hoffnung abschütteln will, redet sie sich klein, sammelt Verfehlungen und Erklärungen: *es ist dahin, es ist nicht mehr die Erde.* In Strophe 3 verschärft sich die Ansage in der wie Kopfschüsse wirkenden Alliteration *töten, Trug, betörender, Träume.* – *Sicheres wag! Es muß Sicheres geben!* Diesen Vers lese ich sowohl ernstmeinend als auch ironisch-verzweifelt. Die letzte Strophe wirkt wie ein erleichterndes Fazit: ist die Wirklichkeit verwerflich, suchen wir die Liebe, bzw. die Utopie der Rettung. Das *Unglück*, sagt Petrarca, ist das Verzagen über die Unerreichbarkeit des Ideals im Irdischen. Er sah Laura (Gold, Lorbeer, Aura, Aureole, Morgenröte) als »hehre Frau«. Dadurch, daß er sie idealisiert, d.h. nicht körperlich geliebt hat, war seine Liebe »Sporn der Erkenntnis, ihre Qual Quell schwierigen Genießens«. (Gosse).

Sehr irdisch hingegen besingt Richard Pietraß die Liebe:

Hohe Kante

Mein Weib und ich, wir gehen zu Bett, zu Tisch, zu Boden
treiben auf dem Flickenteppich, herzen den gordischen
Knoten.

Nehmen den Mund voll, den Hals, die geizende Hand
ringen uns um Schwören und Flehen, den Fledermaus-
verstand.

Lottern auf der frohen Kante und nehmen uns die Spitze
leugnen Eltern, Patentante und fiedeln in unsrer Ritze.

Ketten uns, wie wir schlafen, des andern steiniges Brett
hungern, lungern, lügen uns schön. Sie ist nicht dünn,
ich bin nicht fett.

(Richard Pietraß, 2001)

Was für ein deftiges, sinnliches Gedicht! Worte wie *Weib, herzen, lottern* oder *lungern* geben ihm einen archaischen Ton, der, durch raffinierte Verkalauerung, jedem Liebeslyrikklischee spottet. Schon die Überschrift verweist auf »alte« Zeiten. Die *Hohe Kante* war früher ein Geheimfach im Baldachin eines Bettes, in dem wohlhabende Leute ihr Erspartes versteckten. Die Redewendung »Etwas auf die hohe Kante legen« leitet sich daraus ab. Was hat nun das heutige Pietraß-Ich auf der Hohen Kante? Ich lese: nichts, außer Lust und Liebe. Aber die in vollem Maß. Was in Vers 1 als harmloses Zubettgehen anhebt, gerät unversehens zum lustvollen Übereinanderherfallen. Das Paar »geht zu Boden«, was soviel wie Umstürzen (wie beim Boxkampf) bedeutet, aber auch wörtlich zu nehmen ist: sich auf dem Boden einander hingeben. *Treiben* hat die Bedeutung des sexuellen »miteinander Treibens«, als auch das Forttreiben auf einem mythischen »fliegenden« Teppich. Aber in Pietraß' Gedicht ist es kein kostbarer Perser- sondern ein ärmlicher Flickenteppich. »Auf dem Boden bzw. Teppich bleiben« heißt, realistisch bleiben. Was ist mit denen, die im Liebesrausch, »abheben«? Das Sprichwort »den gordischen Knoten durchhauen« bedeutet, ein schweres Problem mit energischen bzw. unkonventionellen Mitteln zu lösen. Das Liebespaar *herzt* den *gordischen Knoten.* In dieser Situation bleiben Probleme jenseits der Teppichkante. Bei Redewendungen wie »den Mund voll nehmen« und »den Hals nicht vollkriegen« assoziiere ich in der stoßartigen Folge der Worte den Ringkampf der Liebenden. Wie fröhlich klingt die Selbstironie beim Ringen um den *Fledermausverstand.* Sie erinnert an Verse aus Joachim Ringelnatz' Turngedicht »Kniehang«: »...Fledermaus / Es geht nicht mehr, mein Verstand läuft aus.« – Nun wird die *hohe Kante* zur *frohen Kante.* Die Lüste werden auf die *Spitze* getrieben, das Bett gerät zum *Lotter*bett, auch sprachlich. Das Paar liebt und *lügt* sich *schön,* so wie es in der Liebe eben zugehen kann.

WO GOTTVATER WIE EIN WERWOLF HAUST

Gott & Gedicht

Nichts ist mißverständlicher als der Begriff »religiöse Lyrik«. Diese ist nämlich, mehr als andere Lyrikarten, dem Verdacht unterworfen, Gottesglauben und Ein-guter-Mensch-sein genügten, um jede ästhetische Anforderung an Literatur aufzuheben. »Gedichte sind Gebete, Gebete sind Gespräche mit Gott, Gott ist ein Gedicht« – solche Behauptungen begleiten unzählige Verlags- und Internetplattformen, die verseschmiedend in himmlischer Einfalt dem Glauben an eine wie auch immer beschaffene göttliche Ordnung huldigen. Die Texte strotzen vor naiver, anachronistischer Frömmelei (oft mit glitzernden Christussen und Engeln illustriert), deren Verfasser nicht in der Welt des aufgeklärten Humanismus leben.

Gedichte waren ursprünglich Gebete, und in den frühesten Zeiten deutscher Lyrik gab es beinahe nur geistliche Dichtung. Noch im Barock war ein Großteil der Poesie auch vom Glauben getragen. Kirchenlieder von Martin Luther oder Paul Gerhardt sind, selbst für freidenkende Naturen wie mich, beeindruckende Dichtung:

Mitten wyr ym leben sind
mit dem tod umbfangen
Wen suchen wyr der hulffe thu
das wyr gnad erlangen (…)

Aus tiefer Not schrei ich zu dir
Herr Gott, erhör mein Rufen.
Dein gnädig Ohren wend zu mir
und meiner Bitt sie öffnen (…)

Martin Luther, 1524

O Haupt voll Blut und Wunden
Vol Schmertz und voller Hohn!
O Haupt zum Spott gebunden
mit einer Dornen Krohn!

O Haupt, sonst schön gezieret
Mit höchster Ehr und Zier,
Itzt aber höchst schimpfieret;
Gegrüßet seist du mir! (…)

Wann ich einmal soll scheiden
So scheide nicht von mir!
Wann ich den Tod soll leyden
So tritt du dann herfür:

Wann mir am allerbängsten
Wird um das Herze sein,
So reiß mich aus den Ängsten
Kraft deiner Angst und Pein.

(evang. Kirchenlied, übersetzt
von Paul Gerhardt, 1656)

Man muß nicht an Gott glauben, um von diesen Versen überwältigt zu sein. Deren Qualität begründet sich freilich nicht in ausgeprägter Frömmigkeit oder theologischem Argumentationsvermögen, sondern darin, daß im religiösen Bild Fragen der Menschheit verhandelt werden – und zwar mit poetischem Können: eindringlich, präzise, inbrünstig und suggestiv. Es ist wie bei jeder Kunst: wer diese *tiefe Not*, diesen *Schmerz* und *Hohn* nicht in irgendeiner Weise erfahren hat und nicht über die entsprechende Sprache verfügt, wird schwerlich die Dimensionen solcher Verse erkennen.

Lyrik selbst hat etwas Transzendentes; und viele Gedichte der Weltliteratur sind voller Anspielungen und undenkbar ohne den Glaubenshintergrund, aus dem sie entstanden sind. Das meinen auch jene, die mit dem Glauben hadern, ihn spotten oder sich lediglich seiner Bilder bedienen. Religion, Mythen und Märchen ergeben unser Bezugs- und Kennungssystem. Lebensmuster, Bewußtseinsebenen, Ängste, Utopien und Spannungen eines Zeitalters sind darin fokussiert. Allein die christlich-jüdischen Geschichten sind ein ungeheurer Material- und Lebensfundus.

Ostersamstag

Wie die Frauen
Zions wohl dereinst beim matten Grauen
Jenes Trauertags beisammen standen,
nicht mehr Worte, nur noch Tränen fanden,

So noch heute
Stehen, als in ferne Zeit verstreute
Bleiche Zionstöchter, Anemonen
In des Nordens winterlichen Zonen.

Vom Gewimmel
Dichter Flocken ist er trüb, der Himmel;

Traurig stehen sie, die Köpfchen hängend
Und in Gruppen sich zusammendrängend.

Also einsam,
Zehn und zwölfe hier so leidgemeinsam,
Da und dort verstreut auf grauer Öde,
Weiße Tüchlein aufgebunden jede.

Also trauernd,
Innerlich vor Frost zusammenschauernd,
Stehn alljährlich sie als Klagebildnis
In des winterlichen Waldes Wildnis.

Christian Wagner, 1888

Die Kenntnis der *Ostergeschichte* ist Voraussetzung, das Gedicht zu verstehen. Doch immer, wenn ich es lese, fasziniert mich als Erstes die Musikalität der Verse. *Sie* birgt das Geheimnis. Der Rhythmus der Strophen hat etwas rührend Schlichtes, fast wie ein Volkslied und doch anders. Die Auftaktsilben wirken eigenartig schwer und leicht; fordernd wie auch verhalten. Das Metrum suggeriert das Seufzen und fröstelnde Zusammenschauern der Frauen, die am Grabe Jesu um sein Verschwinden klagen. Ostersamstag, auch der »stille Samstag« genannt, fällt in unseren Breiten auf Ende März/ Anfang April, wo es durchaus schneien kann. Christian Wagner, Kleinbauer und dichtender Sonderling aus Warmbronn, übersetzt die Frauen Zions in die ihm vertrauten Frauen aus seinem württembergischen Dorf. Zu *bleichen Anemonen* verwandelt, gleichsam erstarrt zum *Klagebildnis*, stehen sie statt auf dem Jerusalemer Tempelberg in *Nordens winterlichen Zonen*. Ein unerhörtes Bild: zärtlich und kaum zu ertragen im

Eindruck einer furchtbaren Kälte, Verlassenheit und endlosen Trauer. Dabei ist die Sprache des Gedichtes völlig klar, unverziert und ohne scheinheiliges Pathos.

Die Ostergeschichte

So eilten die Frauen am Morgen
zu Grabe, voll Trauer und Sorgen
Ihr Heiland und Herr war nun tot
er ewiges Leben doch bot. (...)

Ein Grab hatte schnell man gefunden
wohin man den Herrn, den geschunden
verspottet, verhöhnt und verlacht,
zur Ruh über Sabbat gebracht (...)

Nun standen die Frauen mit Trauer
vor offener Grabesmauer,
verstanden nicht, was hier geschah,
ihr Heiland war nämlich nicht da. (...)

Er lebt! Er kommt auch bald wieder!
Auf diese Erde hernieder.
Den Tod wird's dann nicht mehr geben.
Er schenkt uns dann ewiges Leben.

Im Gegensatz zu Christian Wagners Gedicht leiert dieses in Rhythmus, Metrum und Gedanken. Nein, Gedanken sind es nicht, die den Text tragen, sondern zusammengereimte Klischees aus der Kinderbibel. Es gibt keinen neuen Zugriff auf den überlieferten Stoff, das Vokabular ist verbraucht, die Ansichten des Verfassers gutgläubig, weltfremd, antiaufklärerisch.

Das *Kreuz* gilt als wichtigstes christliches Symbol und Jesus' Kreuzigung als das wohl abgründigste Leidensbild unserer Kultur. Hier das Gedicht einer tief gläubigen, außergewöhnlichen Dichterin:

Kreuzzertretung

Kreuzzertretung! – Eine Hündin heult
sieben Laute, ohne zu vergeben,
abgestiegen in die Hundehölle
wird ihr Schatten noch den Wurf verwerfen

Oben bleibt der Vorhang ohne Riß,
nichts zerreißt um einer Hündin willen,
und der Herr – er ließ sich stellvertreten –
sitzt versponnen bei den ganz Vertrauten.

Auch die Toten durften nicht herauf!
Vater, Mutter, – keines war am Hügel,
und die Sonne hat sich nur verfinstert
in zwei aufgebrochnen Augensternen.

Von der Erde bebte kaum ein Staub,
nur ein wenig sank die Stelle tiefer,
wo der Balg, dem man das Kreuz zertreten,
sich noch einmal nach dem Himmel bäumte.

Der Kadaver – da ihn niemand barg –
kraft der Schande ist er auferstanden,
um sich selbst in das Gewölb zu schleppen,
wo Gottvater wie ein Werwolf haust.

Christine Lavant, um 1955

Die Verse, deren Trochäen wie Schläge wirken, teilen mir etwas mit, das scheinbar nicht in die 1950er Jahre gehört, sondern sich irgendwann zwischen 13. und 19. Jahrhundert abspielt. Oder war die Lebensrealität im kärtnerischen Lavant-Tal eine derart bedrückende, daß es die Verfasserin zu dieser groben und großartigen Blasphemie führte? Das Gedicht handelt von der Abwesenheit Gottes. *Kreuzzertretung!* weist in drei Richtungen: das Zertreten des Zeichens des Martyriums (Todessymbol), der Bruch mit dem Glauben und das Brechen des Kreuzes (Willens). Ich erfahre sowohl Kraft als auch Machtlosigkeit des lyrischen Subjektes. Dieses wird nicht als Mensch, sondern als *Hündin* gezeigt. Der Hund, im Christentum Symbol der Treue, aber auch, in der mystischen Symbolik, das niederste aller Tiere, die Kehrseite des Göttlichen, ist Lavant selbst. In *sieben Lauten* heult die Hündin magisch ihre Nichtigkeit: sie steigt ab in die Hölle, denn nur der (Kreuzes-)Tod des *Menschen* ist Voraussetzung für die Geburt Gottes. Aus der Unterwürfigen ist ein Höllenhund geworden. Sein Gift in der Unterwelt ist das Gift des Phantastischen, Irrationalen. Die irdische Einsamkeit wird in den Orkus verlagert. Die Hündin bellt den Vorwurf: Der Herr (bei Lavant immer auch als »liebender Mann« zu lesen) rührt keinen Finger für sie. Während bei Jesus' Himmelsaufstieg ein rauschendes Naturereignis inszeniert wurde, *bebt* bei Lavants Höllenrutsch *kaum ein Staub*. Selbst den Toten (Vater und Mutter), denen sie im Jenseits wiederzubegegnen hofft, wird der Auftritt verweigert. Mit einer Mischung aus Einsicht und Wut, Gott nicht erreichen zu können, wehrt sich die schon totgetretene Hündin *noch einmal,* indem sie den Weg nach oben nicht aufgibt. Es ist der Weg zur Unsterblichkeit, der durch die Welten des Bewußtseins und Unterbewußtseins, also durch Oben und Unten führt. Jesus trennte sich am Kreuz von seinem Körper, indem er seine Schmerzen überwand und so die Herrschaft des Geistes über die Materie demonstrierte. Lavant spricht vom Gegenteil, von sich, dem *Kadaver* und der *Schande*. Diese Schande sah sie in ihrem Leben, das sie als »einen einzigen Makel« beschrieb. Ihr Gotteshaß war Sünde wider den Geist, der einzigen Sünde, die nicht vergeben wird. Die auf Erden gemarterte Kreatur kann den Himmel nur noch als Ekel empfinden. Trotzdem treibt es sie nach dem Scheinort des Glücks. Gott wird sein unheilvolles Wirken als Wolfsmensch fortführen. Der Hund hat ihn vom Thron gestoßen und sich selbst erhöht. Eine trotzige, gesetzeswidrige Auferstehung.

Anders klingt ein Text aus dem heutigen christlichen Versschmiedegewerbe:

Der Kampf ist heiß, die Last ist schwer,
oft seufzt du müde: ich kann nicht mehr.
Doch halt nur aus, einst wird dir klar
wie nötig hier unten das Kreuz dir war.
Ich harre still aus, trage Kreuz und Leid,
es ist ja nur Brücke zur Herrlichkeit,
und du, der du auch ein Kreuz noch trägst
und es kürzen willst, indem du dran sägst,
tu's nicht, denn es ist eine göttliche Gab.
Du sägst nur den göttlichen Segen dir ab.

Den göttlichen Segen werden diese Durchhalteverse wohl nicht erhalten. Sie klingen bieder-pathetisch wie Dorfprediger vor zweihundert Jahren. Angesichts der Weltwidrigkeiten empfinde ich »stilles Ausharren« und die Verheißung, das Leid sei nur *Brücke zur Herrlichkeit,* als Frevel; und daß man *den göttlichen Segen absägen* kann, ist mir neu. Blauäugigkeit erzeugt Sprachlosigkeit. Blinde Religiosität verdrängt die Beobachtung. Wo nicht beobachtet wird, wird nichts erkannt, und wo keine Sprache ist, nichts gesagt.

In der Amateurpoesie gibt es eine wahre Flut von *Engelgedichten* – allesamt so unerhört banal, daß ich vermute: da hat der Teufel seine Hände im Spiel! Ich bin überzeugt, daß sich der hinterlistige Ex-Engel vor allem des Internets bedient, wo er unentwegt Lyrikseiten mit herumflatternden Engeln hineinstellt – eine Invasion banalsten Kitsches:

Sieht ein Engel Leid auf Erden,

weinen sie keine Tränen. Schmetterlinge weinen sie,
die Engel der Liebe. Sie sollen Freude bringen,
so daß die Traurigen singen.
Sie sind so zart wie Gefühle,
heute habe ich keinen gesehen,
keinen einzigen Schmetterling.
Die Engel haben nicht geweint,
die Menschen waren glücklich heut.

Anselm Grün, um 2005

Pater Anselms Engel, sehen sie *Leid auf Erden*, weinen also *keine Tränen*, sondern *Schmetterlinge.* Schmetterlinge sind bei ihm *die Engel der Liebe,* die *Freude bringen / so daß die Traurigen singen.* Wer hätte gedacht, daß es so einfach ist? Gott sendet ein paar zartfühlende Himmelsboten in die Krankenhäuser, Slums, Hunger- und Kriegsgebiete der Welt und schon singen die Elenden vor Freude. Es wird noch besser. Eines Tages kann das Ich, also Anselm Grün (»der erfolgreichste geistliche Schriftsteller der Gegenwart«) *keinen einzigen Schmetterling* mehr sehen. Hat man den Flatterwesen etwa irgendein Leid zugefügt? Nein! Ich erfahre, daß die Welt gar keiner schmetterlingsweinenden Engel mehr bedarf, weil alle Menschen glücklich sind. Halleluja! – Die heilige Schrift bietet an, daß wir Menschen mit der Kraft von Gottes Geist eine Verwandlung durchmachen können, ähnlich der einer Schmetterlingsmetamorphose. Pater Anselm, fürchte ich, ist auf dem Weg zur Dichterwerdung, im Ei-Stadium steckengeblieben.

Engel, inklusive Luzifer, existieren in der Vorstellung des Juden- und Christentums seit der Spätantike. Keine anderen Phantasiegestalten haben in Kunst und Literatur so viel Aufmerksamkeit erfahren und tun es noch. Die geflügelten, leuchtenden, anthropomorphischen Wesen, die Gott zur Seite stehen, bzw. zwischen ihm und der Menschheit vermitteln, sind reizvolle Vorlagen, auch für die Poesie als Grenzerfahrung des Rationalen. Diese müssen aber nicht, wie die Engelvorstellung, an ein Gottesbild angelehnt sein. Mystisches, Esoterisches, Spirituelles und angeologisches Gewäsch feiert heute regelrechte Auferstehung. Sicher, die Menschen suchen Schutz, flüchten vor Worldweb und Weltelend, aber Poesie entsteht nicht aus der Keimfreiheit der Engel. Ein Rilke-Vers lautet: »Jeder Engel ist schrecklich«, und Walter Benjamin hat seinen »Engel der Geschichte« mit unbarmherziger Klarheit in das furchtbare Licht der Kriegsvernichtung gestellt.

Es gibt hervorragende, zeitübergreifende Engelgedichte. Das frechste (»Über die Verführung von Engeln«) stammt von Bertolt Brecht, das zauberhafteste von Rainer Maria Rilke:

Die Engel

Sie haben alle müde Münde
und helle Seelen ohne Saum.
Und eine Sehnsucht (wie nach Sünde)
geht ihnen manchmal durch den Traum

Fast gleichen sie einander alle;
in Gottes Gärten schweigen sie,
wie viele, viele Intervalle
in seiner Macht und Melodie.

Nur wenn sie ihre Flügel breiten,
sind sie die Wecker eines Winds:
als ginge Gott mit seinen weiten
Bildhauerhänden durch die Seiten
im dunklen Buch des Anbeginns.

R. M.Rilke, 1899

Wie fast jedes Gedicht Rilkes entzieht sich auch dieses einer einfachen oder gar schulbuchtauglichen Deutung. Es ist der Lyrik ursprünglicher Gestus, vom Unsagbaren in Gleichnissen reden zu müssen und etwas vorzutäuschen, was in anderen Sprach- und Daseinsweisen längst verschwunden ist: die Transzendenz. Rilke ist ein Meister der Bilder. In Vers 1 sehe ich die Engel deutlich vor mir: *sie haben alle müde Münde.* Nicht »Münder«, wie der Plural von Mund richtig heißt, sondern *Münde.* Was den meisten Dichtern als Reim-Verlegenheitswort für *Sünde* angekreidet worden wäre, bei Rilke ist es sinnvoll. Den Klang, den der fehlende Endbuchstabe auslöst, höre ich wie einen gehauchten Kuß oder nehme ihn als Hinweis auf die fehlende Körperexistenz der Engel. Und wie ich diese Wesen säuseln höre mit ihren *hellen Seelen ohne Saum / und* einer *Sehnsucht wie nach Sünde.* Mir scheint, daß sich die Engel trotz ihrer Geschlechtslosigkeit von Vers zu Vers vermehren. An Stimme verlierend, erweitern sie ihr Bewußtsein ins Unendliche, um als Zwischenraum seliger Zustände *(in Gottes Gärten)* zu fungieren. In Strophe 3 entfachen die müden entgrenzten Gestalten plötzlich durch das Ausbreiten ihrer Flügel eine ungeheuerliche Bewegung. Als *Wecker eines Winds* werden sie Aufrührer des Weltalls und stellen sich an die Seite Gottes. Den Zeilenbruch vom 3. zum 4. Vers der letzten Strophe ist einer der überwältigendsten, den die Weltliteratur zu bieten hat.

Auch folgende Verse haben einen »jenseitigen« Ton:

Die Botschafter

kommen von weither
von jenseits der Mauer
barfuß kommen sie den weiten Weg

um dies Wort abzugeben.
Einer steht vor dir
in fernen Kleidern
Er bringt das Wort Ich
er breitet die Arme aus
er sagt das Wort Ich

mit diesem trennenden Wort
eben saht ihr euch an
ist er nicht mehr
geht in dir weiter

Hilde Domin, 1964

Ich höre das bodenlose Schreiten der Engel. In diesem Fall sind sie alttestamentarische *Botschafter,* die ein *Wort abzugeben* haben. Gottes Wort. Der Engel Barfüßigkeit symbolisiert Frömmigkeit, Unschuld und Trauer. Der schönste Vers des Gedichtes lautet: *in fernen Kleidern.* Der Engel, der dem lyrischen Du das Wort *Ich* (Glaubensbotschaft) überbringt, geht durch es hindurch, bzw. in ihm weiter. In Domins Versen ist dieser Vorgang für mich nachvollziehbar, bleibt aber letztlich neblig-konventionell. Untergründig rührt Hilde Domin an die Erfahrung eines Leidensweges, der durch ihr Jahrhundert ging.

Ein Problem der Engellyrik, auch der gehaltvollen, ist dies: sie ist fast immer ernst, bzw. ernst gemeint. Vielleicht liegt die Ursache des fehlenden Humors darin, daß Engeln nachgesagt wird, sie würden, im Gegensatz zum Menschen nicht lügen. Thomas Rosenlöcher hat ein gutes Dutzend Engelgedichte geschrieben, von denen jedes ein ironisches Zeitbild entwirft.

Der Kicherengel

An langen Bärten hängen die Propheten
und klopfen mit dem linken Fuß im Takt
flammenden Auges düstre Abzählverse
vor sich hinmurmelnd: eene, meene, mink.

Doch statt zu schluchzen muß der Engel kichern.

Daß es den Onkels das Kontinuum
der Menetekel durcheinandermüllert,
und sie auf einmal selber nicht mehr wissen,
was kommen wird. Mink, meene oder eh?
Allein ein Kichern ändert schon die Welt.

Thomas Rosenlöcher, um 1980

Schon der erste Vers krempelt die ganze heilige Bildwelt um: nicht die langen Bärte hängen an den Propheten, sondern die Propheten an ihren langen Bärten. Propheten sind Verkünder von Religionsbotschaften, die sich durch Gott berufen sehen. Das Sprichwort lautet: Eine Geschichte, die »einen langen Bart« hat, ist abgestanden. Gottesmänner, deren Aufgabe es wäre, zu sagen, was kommen wird, bzw. was an der Zeit ist, die aber an ihren eigenen Bärten (d. h. an ihren veralteten Ansichten) hängen, sind nur noch greise groteske *Onkels*. Vor Augen sehe ich die Altherren des SED-Partei-Zentralkommitees, aber auch andere selbstgerechte Verkünder totalitärer Macht. Das Gedicht läßt eine weitere Variante geistigen Stillstandes erkennen: die Propheten *klopfen mit dem linken Fuß im Takt / flammenden Auges düstre Abzählverse*. Ob der *linke Fuß* eine politische Anspielung ist, sei dahingestellt. »Abzählen« ist ein Kinderspiel. Es bedeutet, daß einer aus einer Gruppe scheinbar zufällig ausgewählt, 'rausgeschmissen bzw. ihm eine bestimmte Rolle zugewiesen wird. *Eene, meene, mink* zählt zu den harmlos fröhlichen Abzählversen. Rosenlöchers Propheten murmeln sie *düster*, unheilkündend. An dieser Stelle tritt der Engel auf. Er müßte eigentlich, wie es ihm ansteht, über das vorausgesagte Unheil klagen, doch der Engel – angesichts der albernen Langbärte – kichert. Dieses Kichern, ein hochstimmiges Unernstsein, das dem Engel unbewußt entfährt, hat eine Kraft, daß es *das Kontinuum / der Menetekel durcheinandermüllert*. Ausgerechnet ein Wesen, dessen Hauptcharakterzug Bravheit ist, kippt durch eine winzige Verhaltensabtrünnigkeit das komplette Weltbild der Greisengarde.

SO KOCH ICH HEUTE SCHMOR ICH MORGEN

Märchen & Mythen

Bereits Rhapsoden und Minnesänger dichteten von Märchen und Mythen. Bis in die heutige Lyrik hinein sind die Wunderstoffe der Phantasie beliebt, werden gedeutet und in die jeweilige Gegenwart übertragen. Dabei sollte es um nicht weniger gehen, als um »das Anlegen der Gegenwart an die Meßlatte der Historie, das der Leute an die der Menschheit« (Peter Gosse).

Rumpelstilzchen

Stimmt fast, was man lügt, ich spinne
Gold aus dem Stroh, das andre dreschen:
bare Münze, da red ich kein Blech, komm
ich auch kaum groß raus mit der Sprache,
Prinzessin, was Lebendes wär mir lieber
als alls Gut und Geld, lach ich kullernd
übers Moos und reit aufm Löffel rum
um den heißen Brei. So koch ich heute,
schmor ich morgen. Rätst du meinen Namen,
Liebe, stoß ich den Fuß in den Boden und
reiß mich mittendurch an dem andern
Bein: das hat dir der Teufel gesagt,
was ist Sagen? Reden und Schweigen ist Geld.

Hans Brinkmann, 1984

Es ist überflüssig zu erwähnen, daß man das Märchen vom Rumpelstilzchen parat haben muß, um dem Gedicht auf den Grund zu gehen. Die Verse leben vom akrobatischen Vermögen des Autors, mittels starker Zeilenbrüche und eines Cocktails aus Redewendungen und Märchenmotiven Altbekanntes neu durchzuspielen. Brinkmanns Rumpelstilzchen ist hoffnungslos verliebt und kein narzistisch tobsüchtiger Zwerg, sondern einer, der die zur Prinzessin erhobene Müllerstochter tatsächlich ins Herz geschlossen hat. In der dritten Ebene lese ich diese vergebliche Liebe als gesellschaftliche. Rumpelstilzchens saloppe Redeweise sowie das stolpernde Metrum verraten einen lebensuntüchtigen Menschen, dessen einzige Macht die Sprache ist. Auch wenn er damit *kaum groß rauskommt,* ein Poet vielleicht. *Gut und Geld* verlacht er ebenso sarkastisch, wie das eigene närrische Verhalten. Hans Brinkmann hat selbstironisch das Märchenmotiv gegen den Strich gebürstet. Jeder dieser trotzigen Verse läßt mich die Souveränität erkennen, mit der der Autor seine Not in Schach hält.

Über Rumpelstilzchen

Sag, magst du Rumpelstilzchen?
–Ist ein frecher Gnom!– Er half der Müllerstochter.
–So fängt's immer an. Was »es«? Wann »immer«?
–Das immer heilige Mittel zum Zweck.–
Sie wußte nicht aus noch ein.
–Der Gnom weiß bescheid, der Gnom hat die Macht.–
Sie hatte ein Tief, er hatte ein Hoch,
das gab dann viel Gold
–und angedrohte Kindesentführung–
War es nur Macht? Zu Anfang war's Recht.
–Macht gegen Macht, Ohnmacht gegen Ohnmacht.–

Ach, wie gut, daß ich nicht weiß,
wann ich Rumpelstilzchen heiß.

Errät die Prinzessin den Namen, bedeutet dies Entzauberung. Ist nämlich ein Geheimnis benannt, also erkannt, stirbt es. Fürs Gedicht heißt das: wer alles ausspricht, dem entschwindet es. Ein Gedicht entschwindet aber auch, wenn in ihm nur Unsinn dargeboten wird. Was lese ich im Text? Äußerlich kommt er als Dialog daher. Aber wer spricht mit wem? Und worüber? Erklären hier zwei Psychologen oder Frauenrechtlerinnen den tieferen Sinn des Rumpelstilzchens? Daß es als Zwerg zu einer unterdrückten Urbevölkerung gehörte, die durch Kindesraub ihre Gene verbessern wollte? Oder daß es ein Vertreter der Finsternis ist? Oder ein machtgieriger Phallus, der die von Männern unterdrückte Müllerstochter erobern will? Wie auch immer, der Text ist ein schnell dahingeworfenes Irgendwas und dessen beste Zeile eine unfreiwillig komische: *Sie hatte ein Tief, er hatte ein Hoch.*

Pegasus

Wie gerne würde ich den Pegasus heut reiten
mit ihm in Welten voller Wortgestalten gleiten
ließ mich durch Musenküsse voller Lust besiegen
würde empor in Himmelsfantasien entgleiten
Mit leichtem Schnauben würde Pegasus mich necken
Selig erzittern könnte ich voll Schaffenskraft
vergessen wäre, was mir Langeweile schafft
etwas zu schreiben könnte meinen Geist jetzt wecken.

Ach, die armen Poeten, die darüber klagen, daß sie nicht schreiben können und über diese Verhinderung Vers um Vers verfassen! *Pegasus* läßt sie nicht aufsitzen oder hat sie abgeworfen. Ich kann das gute alte Dichterross verstehen. Das prächtige Flügelpferd, das dem griechischen Helden Bellerophon jede Nacht im Traum erscheint und sein Begehren, es zu besitzen, anheizt, wird hier als sanftmütiges, neckisches, *leicht schnaubendes* Pferdchen gesehen. Bellerophon hat, auf Pegasus reitend, die drachenköpfige Chimäre getötet – dem Ich in diesem Gedicht hingegen traue ich nicht mal ein Pony zu. Untergründig lese ich von einer gegenwärtig weitverbreiteten Erlebnisarmut: Man würde ja gern schreiben, etwas zu sagen haben, wenn da nicht diese zermürbend langweilige Welt wäre. Das Subjekt möchte *erzittern können voll Schaffenskraft.* Vielleicht sollte ich dem Gedicht Selbstironie unterlegen.

Wie eine Gemeindeschwester den verunglückten Pegasus tröstete

Na, nun bist du schwach und krank.
Ja, man soll nicht Gott versuchen.
Häng die Flügel in den Schrank.
Iß ein Stückchen Zuckerkuchen.

Solltest unter flachen Himmeln
Nur noch durch die Blumen sprechen
Mit den Blütenglocken bimmeln
Und das Stroh der Landschaft dreschen.

Pars pro toto, klug gesungen
Hat noch immer wohl geklungen.

Horch, was schlägt die Sonnenuhr? –
Ach, mein lieber Pegasus

Mach dir einen Heuaufguß
Aus dem Grünzeug der Natur.

Dieter Mucke, um 1970

Es sind Verse über einen gescheiterten Poeten. Aber nicht über einen, der mit Schreibverhaltung zu kämpfen hat, sondern der zu weit vorgeprescht ist, indem er widerständige Gedanken hegte. Die Gemeindeschwester symbolisiert die kunstferne Provinzhaltung des Ja-nicht-Auffallens. Mit trochäisch erhobenem Zeigefinger tröstet sie den *Verunglückten,* füttert ihn mit Zucker und dem Ratschlag: schreibst du künftig brav und bieder, wie offiziell gefordert, tut's auch nicht mehr weh. Die Ironie, mit der Dieter Mucke seine (DDR) Gegenwart beleuchtet, war damals tatsächlich gefährlich wie Bellerophons bleikugelbestückter Speer, mit dem er die Chimäre erlegte.

ÄNGSTCHEN UND WELTUNTERGÄNGELCHEN

Poesie & Politik

Verse, in denen sich der Autor pro oder contra zu aktuellen gesellschaftlichen Zuständen, Ereignissen oder Personen äußert, nennt man politische Gedichte. Ihr Ziel ist im günstigsten Fall Durchblick stiften, im ungünstigsten eine platte Botschaft, im unmöglichsten Herrscherhuldigung oder Propaganda. Für Kampfansagen, Aufrufe, sowie für gesellschaftliche Rituale können Kampf-, Marsch-, Widerstandslieder oder Nationalhymnen Katalysator für eine gute oder schlechte Sache sein.

Mich interessiert für mein Unternehmen jene Lyrik, die ohne vordergründige Subversivität, Bekehrungs- oder Belehrungsabsichten auskommt und dennoch herrschende Zustände hinterfragt; die über ihren politischen Tendenzwert hinaus einen poetischen Rang erreicht.

Gesellschafts*kritische* Lyrik gibt es in Deutschland seit dem Hochmittelalter. Minnesänger wie Walther von der Vogelweide verwebten Gott, Kaiser, Ritter und »Frau Welt«, d. h. die großen Dramen ihrer Zeit, zu Versen, wenngleich direktes Bekenntnis, Spott oder Ketzerei den geringeren Teil der Mittelalterdichtung ausmachten. Auch Volkslieder konnten die Öffentlichkeit mobilisieren, Herrscher verspotten, den Sprachlosen Gehör verschaffen und Auswege aus bedrückenden Zuständen zeigen. Die Hoch-Zeit politischer Gedichte, die erstmals Wirkung auf eine breite Leserschaft entfaltete, begann Anfang des 19. Jahrhunderts, wo der Journalismus Einzug in die Lyrik hielt. Die Leuchtfigur hieß Heinrich Heine. Er zog mit satirisch gereimter Gesellschaftskritik ordentlich vom Leder und eine Menge sozial engagierter, wenn auch poetisch schwachbrüstiger Epigonen nach sich. Da Poeten von Rang Durchblickende ihres Zeitalters sind, und die Haltbarkeit ihrer Werke nicht zuletzt von deren *poetischer* Übermittlung eben dieses Durchblickes abhängig ist, waren sämtliche uns heute noch ergreifende Autoren der Weltliteratur auch politisch.

Das Entscheidende in der Kunst ist das Können, nicht das Bekenntnis. Wobei ich glaube, daß ein Bekenntnis zu Krieg, Vernichtung und Gewalt überhaupt keine Kunst hervorbringt. (Soweit ich weiß, gibt es kein einziges auch nur halbwegs akzeptables Gedicht, das vom ideologischen Ungeist des Nationalsozialismus inspiriert ist.)

Für jeden explizit kritischen Poeten, ob er nun unmittelbar den Kampf gegen die Unbill der Welt ansagt, spöttisch oder kunstvoll verschlüsselt am Schorf der Gesellschaft kratzt, war es zu allen Zeiten gefährlich bis lebensgefährlich, Botschaften/Wahrheiten geistigen Widerstandes in die Öffentlichkeit zu stellen. Zwar bezahlten und benutzten die Mächtigen Kunst für ihre Zwecke, sie fühlten sich aber auch immer von ihr bedroht. Heine mußte aus Deutschland fliehen; unter Hitler und Stalin wurden Bücher verbrannt und Künstler ermordet; im poststalinistischen Sozialismus gab es bizarre Auswüchse von Schikanen und Druckverboten; im Westen mußten sich lyrische Ruhestörer gegen reaktionäres und konsumbürgerliches Keifen behaupten.

Politische Lyrik, die mich packt, muß nicht unbedingt »von heute« sein. So war die schon erwähnte, über 150 Jahre alte

»Winterreise« für mich und Gleichgesinnte in den 1980er Jahren der DDR Spiegel unserer gesellschaftlich verfahrenen Situation. Auch wenn es gegenwärtigen Lesern vielleicht schwerfällt, nachzuvollziehen, was Hoffen, Verzagen, Scheitern und Verstörung eines spätromantischen Wandergesellen mit dem realen Spätsozialismus gemeinsam gehabt haben sollen – aus jedem Lied der »Winterreise« hörten wir Fluchtgedanken, existientielle Krisen, Sinnverlust, Fremdheit und Trostlosigkeit unserer Gegenwart:

Fremd bin ich eingezogen, / Fremd zieh ich wieder aus. (»Gute Nacht«)

Krähe, wunderliches Tier, / Willst mich nicht verlassen? / Meinst wohl bald als Beute hier / meinen Leib zu fassen? (»Die Krähe«)

Es bellen die Hunde, es rasseln die Ketten. / Die Menschen schnarchen in ihren Betten, / Träumen sich manches, was sie nicht haben, / Tun sich im Guten und Argen erlaben… // Ich bin zu Ende mit allen Träumen – / Was will ich unter den Schläfern säumen? (»Im Dorfe«)

Bin gewohnt das Irregehen, / 's führt ja jeder Weg ans Ziel: / Unsre Freuden, unsre Wehen, / Alles eines Irrlichts Spiel! (»Das Irrlicht«)

Mit den Abwehrgesängen, die wir mit solchen Texten anstimmten, verknüpften wir auch unsere privaten Kümmernisse. Wir vergrößerten sie auf Weltmaßstab, und in weinseligen Nächten, in denen wir durch unsere persönlichen Winter reisten, war uns wohlromantisch zumute. Politische Lyrik, soll sie im Gedächtnis der Menschheit bestehen, ist eben mehr als eine Meinung zum Tagesgeschehen.

Nun heißt das nicht, daß Tagesgeschehen, also Aktuell-Politisches nicht lyrisch verwertet werden darf. Ich erinnere nur an die engagierte Lyrik der Naturalisten oder an die politische »Gebrauchslyrik« der 1920er Jahre, wo Autoren wie Erich Kästner, Erich Mühsam oder Kurt Tucholsky Gedichte verfaßt haben, deren spöttische Geisteskraft und Souveränität mich heute noch beeindrucken. Ein wichtiges Podium für lyrische Ruhestörer war und ist hierzulande das Kabarett.

Messersechszeiler

Haste ein Messer
Geh in den Park
Kauf dir den Neger
Weiber sind Feger
Weiber ham Ängstchen
Giekelgiekelgänschen

Matthias Biskupek, 1994

Messersechszeiler halte ich für einen guten, weil bösen Text. Vor allem aber ist es ein Gedicht. Man muß nur erkennen, daß nicht der Autor spricht, sondern die Figur, der er aufs Maul geschaut hat: ein Rassist, Macho und Sprücheklopfer. Dessen Phrasen, in das Metrum eines Kinder-Abzählreimes gepackt, lassen hinter dem großmäuligen Finsterling einen sprachlosen, infantilen, bedauernswerten Typen erkennen. Die unreinen Reime *Ängstchen* und *Giekelgiekelgänschen* verweisen durch Verniedlichung sowie Persiflage auf die Perversion solcher Vorgänge. Biskupek hätte auch einfach sagen können: Gewalt gegen Ausländer und Frauen ist schlimm. Er hätte einen Zeitungsbeitrag über das Thema verfassen können, und ich hätte lediglich festgestellt: ja, er hat Recht.

Folgendes Gedicht stammt aus dem Genre Räuberpistole:

Opfer – Täter

Im Dunkel der Nacht
geh'n Schatten umher.
Die Frau unbewacht,
der Mond scheint schon sehr.

Eine Hand vor dem Mund,
ein Messer im Genick,
da hilft auch kein Hund,
bei so einem Unglück.
Sie kann sich nicht wehren
gegen den kräftigen Mann,
sie läßt ihn gewähren
und flüchtet dann.

Das Opfer ist sie,
der Täter ist er,
bestraft wurd er nie
und läuft frei umher.
Das ist das Gericht,
klagt die Opfer an.
Sie sollte sich wehren
doch sie ließ den Mann.

Der Verfasser dieser Zeilen meint es ebenfalls ernst. In spannungsgeladenen Zweitaktern schafft er einen finsteren Tatort und schießt mit Reimen um sich, daß es nur so durchs *Dunkel der Nacht* knallt. Der *Mond scheint* nicht einfach, er scheint *sehr.* Die *Frau* ist *unbewacht*, der *Mann* ist *kräftig*, hält ihr *eine Hand vor den Mund* und *ein Messer ins Genick.* Gut, daß der Dichter den Leser aufklärt, daß *da auch kein Hund hilft* und so etwas ein *Unglück* ist. Verbrechen wäre das falsche Wort, denn es würde sich auf *Genick* noch undeutlicher reimen als *Unglück.* Was der kräftige Mann mit der unbewachten Frau unter dem sehr scheinenden Mond anstellt, können wir uns denken. Es ist das, was Goethes wilder Knabe dem Heidenröslein angetan hat. Außer, daß der Knabe einen Dornenstich erdulden mußte, konnte er sich unerkannt aus der Affaire ziehen. Bei *Opfer-Täter* wird nicht um den heißen Brei herumgeredet: *Das Opfer ist sie / der Täter ist er.* In der letzten Strophe erfahren wir allerdings von einer Justiz, die die Schuld für die frevlerische Schändung dem Opfer in die Schuhe schiebt und den Täter *frei* umherlaufen läßt.

Kriminelle Probleme wollen kriminalistisch und politische, die für den Tag gelten, politisch gelöst sein, nicht poetisch. Wohingegen Politik Geschichte, wo Provinz Welt wird, ist sie für mich interessant.

Aus: Kassandra – 3

An die Stelle von Lenins Bild hängte er
1930 Stalins Bild. Stalins Bild
legte er 1933 in den Koffer und hängte es
über sein Bett in der Pariser Jugendherberge.
Als er aus der Emigration zurückkam,
hängte er neben Stalins Bild
das Bild Wilhelm Piecks.
1956 nahm er Stalins Bild von der Wand und
stellte es in den Keller hinter die Einweckgläser.

1960 wechselte er das Bild Wilhelm Piecks
mit dem Bild Walter Ulbrichts aus.
1971 nahm er das Bild Walter Ulbrichts von der Wand
und hängte das Bild seiner Frau an den Nagel.
1973 ging er in die Rente. An die Stelle
des Bildes seiner Frau hängte er einen Spiegel
und sah hinein.
»Wer ist das«, schrie er,
»Kann man denn nie allein sein.«

Thomas Brasch, 1975

Wer den Autor kennt, vermutet sofort, daß sein Vater als Vorbild für dieses Gedicht diente: Horst Brasch, ein vom Glauben abgefallener Katholik, der 1939 aufgrund seiner jüdischen Abstammung nach Großbritannien in die Emigration ging, 1944 in die KPD eintrat und zwischen 1950 und 1975 als SED-Parteifunktionär und stellvertretender Kulturminister der DDR Karriere machte. Überzeugt von der Idee eines besseren Staates verachtete er das dissidente Denken seiner drei Söhne. 1968 zeigte er Thomas bei der Polizei an. Daraufhin wurde dieser zu zwei Jahren und drei Monaten Gefängnis verurteilt.

Das Wissen um den persönlichen Erfahrungshintergrund des Dichters scheint bei der Lektüre der Verse unerläßlich. Doch sollte ein Gedicht auch wirken, wenn dieser Hintergrund unbekannt ist. Das tut es.

Der Ton des Gedichtes erinnert mich an einen tabellarischen Lebenslauf. Aber hinter dieser sachlichen Aufzählung von Jahreszahlen kommt ein tragisches, die Verheißungen und Verirrungen des Jahrhunderts tangierendes Leben zum Vorschein: ein Ver-Hängnis im wahrsten Sinne des Wortes. Der Mann, von dem die Rede ist, erfahre ich, ist Kommunist. An seiner Wand hängt ein Bild des sowjetischen Staatsführers

Lenin. Nach Lenins Tod 1924 tauscht es der Mann, wie »von oben« befohlen, gegen das Bild des neuen Machthabers Stalin aus. 1930 zwang Stalin in einer Kollektivierungskampagne die sowjetische Landwirtschaft unter staatliche Kontrolle, worauf eine Hungersnot Millionen Tote forderte. Die folgende Lebenstation des Mannes nennt seine Emigration im ersten Jahr von Hitlers Machtergreifung. In Paris hängt er *Stalins Bild über sein Bett.* Ein Bild übers Bett hängen bedeutet, dem abgebildeten Ideal nahe zu sein, es verehren, in dessen Ansichten und Handeln Glauben und Wegweisung finden. Nach Kriegsende siedelt der Mann in die sowjetische Besatzungszone über. Das Bild des ersten Staatspräsidenten der DDR Wilhelm Pieck hängt er *neben* Stalin. Erst 1956, drei Jahre nach Stalins Tod, als dessen massenmörderische Verbrechen öffentlich wurden, *nahm er Stalins Bild von der Wand.* Es ist aber kein Sockelsturz, wie ihn viele andere Menschen vollführten, sondern eine Vorsichtsmaßnahme: der Mann stellt das Bild des Diktators *in den Keller hinter die Einweckgläser.* Man weiß ja nie, wohin sich der Wind nochmal dreht, mag er gedacht haben. Auch das Weltbild des Mannes ist »eingeweckt«. Daß ein DDR-Bürger Bilder von Staatsmännern in seine Privaträume hängt, ist eine absurde Vorstellung. Thomas Braschs Gedicht zeigt mir einen Funktionär, der in hektischer Hilflosigkeit versucht, sein konserviertes politisches Weltbild gegen die Realität zu verteidigen und in fataler Weise abhängig ist vom Wechsel des Zeitgeistes. 1971 aber, nachdem Walter Ulbricht von Erich Honecker abgelöst wurde, geschieht im Gedicht etwas Ungeheuerliches. Der Mann hängt nicht, wie zu erwarten wäre, Honeckers Bild an die Stelle von Ulbrichts, sondern *das Bild seiner Frau an den Nagel.* Da die Politik sein Ideal mit jedem neuen »Staatsmann« immer mehr zunichte gemacht hat, entschließt er sich, sich ins Private zurückzuziehen. Die Tatsache, daß dieser dröge angepaßte Funktionär eine Frau, also ein Familienleben hat, versetzt dem Gedicht eine tragischkomische Pointe. Jetzt ist die Ehefrau Herrscherin über das Leben des Mannes; doch »etwas an den Nagel hängen« heißt auch, etwas aufgeben. 1973, im Todesjahr Ulbrichts, *ging er in die Rente.* In die Emigration gehen, war für den Mann ein bedeutender Lebensschritt, in die Rente gehen eine Niederlage. Nun hat ihn auch die letzte Machthaberin, seine Ehefrau, verlassen. Der Mann versteht die Welt nicht mehr und ist das erste Mal im Leben völlig allein. Am Ende folgt ein paradoxer Vorgang: *An die Stelle/des Bildes seiner Frau hängte er einen Spiegel.* Ein Spiegel kann lügen, gleichzeitig Wahrheit verraten. Der alte Funktionär schaut hinein. Statt seines Gesichtes erblickt er eine Fratze. Diese Fratze, das Fremde, das eigene Ich bedroht ihn. Erschrocken wehrt er sich ein letztes Mal gegen das »Erkennen« mit dem haßerfüllten Schrei: *Kann man denn nie allein sein.*

Dieses Gedicht bedrückt und beeindruckt mich mehr als jede aktuelle Fakten- und Aktenoffenbarung. Auch formal. Wie der »fliegende« Bilderwechsel die Zeilenbrüche bestimmt! Wie trotz der schneidend kalten Sprache dieser Mensch nicht einfach verurteilt, sondern sein Scheitern deutlich gemacht wird. Das Drama Thomas Braschs war sein Vater. Doch setzt der Dichter im Vers zu keiner Moral an und zeigt mir, ohne eine einzige Belehrung, die Abgründe des 20. Jahrhunderts.

Konzert

Schon hängt der Himmel voller
Abrüstungskonferenzen,
Doch bleibt mein Optimismus
In eng bemeßnen Grenzen.

Mir albträumt ein Orchester.
Spielt still und immer stiller:
es haucht der Bläser Meier,
Es tickt der Geiger Müller.

Rolf Bossert, 1981

Das Gedicht des Rumänendeutschen Rolf Bossert beginnt mit einer Irreführung: ich erwarte ein *Konzert. – Schon hängt der Himmel voller* – Geigen! ruft es in mir. Ein Himmel voller Geigen bedeutet Glück. Das Enjambement verweist auf das Wort *Abrüstungskonferenzen.* Eine Abrüstungskonferenz ist eine gute Sache, aber ich würde sie niemals der Poesie zuordnen. Bossert gelingt es, mich durch die Konfrontation von Kunstsphäre (*Orchester*) und Politik (*Abrüstungskonferenz*) stutzig zu machen. Während die 1. Strophe eher stammtischartig reimend Zweifel des Ichs am Weltgeschehen äußert, führt die 2. in den eigentlichen Alptraum: die nukleare Katastrophe. Das Orchester (die Welt) *spielt still und immer stiller.* Die Musiker *hauchen* ihr Leben aus, der *Geiger* wird zum Geigerzähler. Danach absolute Stille.

Von Peter Hacks stammt der Satz: »Die Kunst interessiert nicht die Atombombe, sondern die Angst vor der Atombombe.« Ron Winkler meint: »Poesie kann nur politisch wirken, wenn sie unter anderem eines vermeidet: politisch zu sein.«

Jedes Gedicht

Jedes Gedicht,
jedes Gemälde,
jedes Lied,
jeder Traum

bringt uns
dem Frieden
näher.
Denn wer beschäftigt ist
mit Modellieren,
kann keine Kreuzraketen fabrizieren.

Hermann van Veen, 1979

Diese Zeilen sind entstanden, da laut NATO-Doppelbeschluß atomare Marschflugkörper (Cruise Missiles, niederländisch: »kruisraketten«) in Teilen Europas stationiert wurden. Die Situation war »kreuzgefährlich«, denn beide Weltmächte hatten Angst und drohten mit Aufrüstung. Die amerikanischen Bomber sollten die ebenfalls waffenstrotzende Sowjetunion angreifen, ein neuer Weltkrieg stand bevor. Ich selbst kann mich an die Angst erinnern, die in mir und vielen anderen heftigsten Kriegswiderstand auslöste. *Jedes Gedicht* hätte mich darin bekräftigen können, kommt mir aber nur wie eine Bebilderung des Zitats von Johann Gottfried Seume vor: »Wo man singt, da laß' dich ruhig nieder / böse Menschen haben keine Lieder«. Das ist Unsinn. Auch die Nationalsozialisten hatten Lieder, und ich könnte eine Menge Gedichte, Gemälde und Lieder aufzählen, die wildeste Gemetzel darstellen und befürworten. Auch haben sich bekanntlich etliche Großschurken als Künstler versucht: Kaiser Nero hat gesungen und die Lyra gezupft; Napoleon war begeisterter Gemäldesammler; Friedrich II. hat komponiert und Flöte gespielt; Hitler Bilder gemalt; Goebbels, Stalin und Mao haben Gedichte geschrieben. Ganz zu schweigen von den Träumen, von denen diese Herren heimgesucht wurden. – Und Hermann van Veen, der gute Mensch von Utrecht, behauptet tatsächlich, daß ein wenig *Modellieren* hilft, das Böse aus der Menschheit zu verbannen. Abgesehen von diesem Kindertraum scheitert der Poet handwerklich beim einzigen Reim, der sein Liedlein zum Klingen bringen soll: *Modellieren – fabrizieren. Modellieren* bedeutet, etwas in Ton oder Wachs formen, bzw. nachbilden. Weder Gedichte, Bilder, noch Lieder werden modelliert. Gegenstände werden *fabriziert,* auch Kreuzraketen. Ich bin unsicher. Wogegen richtet sich der Text? Gegen Fabrikarbeiter, Raketenentwickler oder gegen die NATO, die den Einsatzbefehl gibt? *Fabrizieren* läßt mich im Zusammenhang mit dem Gedicht an das umgangssprachlich laienhafte »Zurechtbasteln« denken.

Glasnost

Die Durchsicht ins

Nichts da! Auseinandergehn!
Splitter-
Vaternackt, die

Und wenig Wissen, aber der Freude viel

VORRÜCKTWÄRTS!
VORRÜCKTWÄRTS!
(applapapp)

wie Wolken um die Zeiten legt

Als die Mauer fällt
Seh ich die Mauern in mir

Volker Braun, 1990

Mit *Glasnost,* was soviel wie »Durchblick« bedeutet, wurde 1985 vom sowjetischen Generalsekretär Gorbatschow eine Politik größerer Transparenz und Offenheit der Staatsführung gegenüber der Bevölkerung eingeleitet. Es gedieh in der DDR zum Schlagwort für alle Veränderungswilligen und zum Energieträger der Demonstrationen 1989, die den Fall der Mauer nach sich zogen. Volker Braun argumentiert weder für noch wider *Glasnost,* sondern nimmt den Begriff des »Durchblickens« auf, beschwört dessen Zauberkraft und stellt ihn zugleich in Frage. Und zwar mit historischem, nicht aktuell politischem Gedächtnis. Der Anfangsvers *Die Durchsicht ins* – kappt die Sprache und kippt die Illusion: – *Nichts da! Auseinandergehn!* – so klingen Polizeibefehle gegen Demonstranten. Das Wort splitterfasernackt wird zum Wortsplitter, das geteilte *Vater*land assoziierend. Das Abreißen der Sätze zeigt das Zerreißen der Illusion, aber auch die sprachlose Zukunftsblindheit inmitten des verheißungsvollen Aufbruchs im Osten. *Und wenig Wissen, aber der Freude viel.* Das Hölderlin-Zitat ironisiert im Glasnost-Gedicht den Jubel. Dem *VORRÜCKTWÄRTS,* einem Wortmix aus Chaos, Stillstand, Fortschritt und Verrücktsein folgt *applapapp,* ein Lautkonglomerat aus Applaus, Pappe, Lappen und Papperlapapp. *Wie Wolken um die Zeiten legt* – abermals ein Hölderlinvers, und weil dessen Kraft über Jahrhunderte reicht, weiß ihn Volker Braun auf seines zu beziehen. Die letzten Verse klingen für mich wie eine resignierte (Selbst)erkenntnis des Autors und trotzdem: es geht darin nicht um ein privates Geständnis, sondern um eine zentrale Frage der Menschheit. Die Antwort, wenn überhaupt, kann nur poetisch gegeben werden. Bei einem Gedicht wie diesem muß ich mich der vergnüglichen Mühe des Zurück-, Nach- und wieder nach Vorndenkens hingeben.

Die Versuchsanordnung

Weltuntergängelchen an Weltuntergängelchen gereiht,
fixiert das Bild von ganz kleinen
trüben Tassen, an eine unendliche Reihe von trüben Tassen
angehängt.
Das Sagen dazwischen ost simuliert, mit großmauligen
Hübschmundrändern ummalt. Der Bruchkitzel, an den
bruch-
gereizten Schwünden von Nähe. Weltuntergängelchen von
Weltuntergängelchen befreit; wenn's passiert, bin ich
schlichtwild, will mich lieben und kann das Vorerstver-
ständliche fassen wie
hören-
verpassen, bin bedrängt &
entzweie.

Angelika Janz, 2010

Eine unserer Urängste ist die vor dem Weltuntergang. (Ein berühmtes Gedicht dazu heißt »Weltende«, 1909 von Jakob van Hoddis geschrieben) Ob im alttestamentlichen »Jüngsten Gericht«, in Nostradamus' okkulten Klimacrash- und Weltkriegsvoraussagen, ob in barocken Vergänglichkeitsversen, expressionistischer Weltuntergangslyrik oder in neuzeitlicher Science-Fiction- und Katastrophenliteratur – seit der frühchristlichen Antike gibt es Prophezeiungen darüber, daß die Menschheit samt Erde und Universum durch ein übernatürliches oder künstliches Ereignis vernichtet würde. Die mythologische Darstellung dieser Angst, die Apokalypse, war und ist jedoch stets eine Reaktion auf konkrete Natur-, historische oder politische Ereignisse.

Worauf reagiert das Gedicht von Angelika Janz? Zunächst spielt es mit dem Motiv des Weltuntergangs in Form einer

Versuchsanordnung. Das ist ein Begriff aus der experimentellen Wissenschaft, der als Gedankenexperiment eine Theorie auf ihre Gültigkeit hin überprüfen will. Zu Beginn des Experiments werden die Verse rechtsbündig gesetzt und der Begriff des Weltuntergangs vom Religiösen befreit, indem ihn die Autorin, ironisch aus der Forscherperspektive betrachtend, zum *Weltuntergängelchen* herabstuft. Das Bedrückende, die Urangst weicht den als Moleküle empfundenen Objekten, die der Forscher einfach aneinanderreihen kann. Er *fixiert das Bild von ganz kleinen / trüben Tassen.* Aus der Metapher der Reihe *trüber Tassen* lese ich die gefährlichen politischen Dummschwätzer aller Zeiten. Der Experimentator *fixiert* das *Bild,* das heißt er legt sein wie auch immer geartetes Theoriesystem fest. Ab Vers 4 allerdings kann ich dem Experiment nicht mehr (poeto)logisch folgen, was wiederum logisch ist. Die Bilder diffundieren, oszillieren und *simulieren* das Unerklärliche, Unbeweisbare. Bei solch lyrischer Algebra wage ich kaum, nach etwas Konkretem zu fragen und tue es trotzdem. Was beispielsweise soll ich mir unter *ost simuliert* vorstellen? was bedeuten die kursiv herausgehobenen Verse? Was wird da zitiert? Die angeordnete *unendliche* Folge von *Weltuntergängelchen* jedenfalls scheint am Ende des Experiments nichts zu bedeuten. Auch wenn plötzlich ein Subjekt ins Spiel kommt, das bei der Prophezeiung des Weltkollapses in einen Gefühlsstrudel aus Wahnsinn und Angst gerät. Ahnt es, selbst ein Teil der Versuchsanordnung, vor der Dimension des Chaos' kapitulieren zu müssen? Vielleicht lautet die Antwort auf die Frage, worauf Angelika Janz' Weltuntergangs-Gedicht reagiert: auf die *großmauligen* Herrschaften, die mit ihren Macht- und Vernichtungsexperimenten die Menschheit belügen und bedrohen, im Politischen wie im Sozialen. Doch alles ist nur *vorerstverständlich,* wie für mich das ganze

Gedicht. Bei allem Spaß an der Entdeckung und der gedankensprühenden Sprache fehlt mir das wahrhaftige, durch die eigene Existenz gehende Beteiligtsein der Dichterin am Weltgeschehen. Vielleicht darf ich es aber auch nicht erwarten und muß es als einen Ausdruck unserer Zeit akzeptieren.

Das verdorbendste Gebiet politisch motivierter Poesie ist das des *Herrscherlobs.* Zu allen Zeiten gab und gibt es Autoren, die ihren jeweiligen Fürsten oder Führern per Reim und Metrum ihre Verehrung ausdrücken, sei es aus Überzeugung, Opportunismus, kultischer Hingabe oder Angst vor Repression. Fast immer handelt es sich bei Huldigungen um Auftrags- oder Gelegenheitsgedichte. Ihr Gebrauchswert innerhalb politischer Zeremonien und Rituale ist mitunter nicht unbedeutend, ihr literarischer Wert hingegen kaum meßbar.

Dem Führer! 1936

Von seinen Feinden Fängen fast vernichtet,
Adler, seiner Schwingkraft beraubt,
der auf Flug und Freiheit schon verzichtet
lagst du Deutschland blutend und bestaubt,
– Als sein großes Herz an dich geglaubt!

Aus dir, Wolf, wie wenn Nacht sich lichtet,
Meereswogen hebt verhülltes Bild,
stieg er auf. Und seines Namens Schild
hat er schirmend vor sich aufgerichtet. (…)
Erde, wie ein Witwenschoß verdorrte,
mütterliche Erde, neu verehrt,
trug, verjüngt von seinem Worte,
Korn und Kinder.

Und er lehrte dich, o Wolf, erkennen:
Du bist aller Zukunft Herz und Pfand! (…)
Wenn sich deine Sonnenfahnen neigen,
sinkt die Nacht über das Abendland.
Laß in deiner Hand
Führer! Uns vor aller Welt bekennen:
Du und wir – nie mehr zu trennen,
stehen ein für unser Land.

Agnes Miegel, 1936

Lohnt es sich überhaupt, in diesem Weihesalbader aus heroischem Vokabular, Blut- und Boden-Metaphern, mythisch-religiös aufgeheiztem Wortbrei Zeile für Zeile auseinanderzunehmen? Zwar wabern in Agnes Miegels Führerlied (wie in aller völkischen Dichterei) gewaltige lyrische Rauchschwaden (des *Adlers Schwingkraft, Erde wie ein Witwenschoß verdorrt* oder *sich neigende Sonnenfahnen),* aber wirklich Deutbares gibt es nicht. Propaganda, auch wenn sie, wie bei den Nationalsozialisten, schicksalsgewaltig an die Gefühle rühren soll, (er)trägt kein poetisches Geheimnis. Im Gegenteil: Es kommt zum Totalabsturz jeglicher künstlerischer Normen. Miegels Verse, handwerklich auf Niedrigstniveau, sind getragen von jener Pathetik und Verblendung, die Führer- bzw. Personenkult ausmachen und bedingen. *O Wolf!* Das Pseudonym *Wolf,* das sich der Völkermörder Adolf Hitler selbst gab, verwendete er ausschließlich in seiner privaten Korrespondenz. Die ostpreußische Heimatdichterin, die, wie die meisten Deutschen, Hitler nie gesprochen, aber dennoch geduzt hat, gebraucht dieses Wort als Fetisch. Glorifizierend, mit untergründig sexuellem und vordergründig religiösem Schwalch überzogen, waren und sind diese Verse nur albernes Donnergott-Theater.

Es wäre leicht, ähnlich tönende Hymnen, auf »große Steuermänner« wie Joseph Stalin oder Mao Zedong, vorzustellen, aber das würde nichts neues ergeben. Mich interessiert noch der Punkt, wo die Huldigung eines Popanzes ins Komische kippt. In der DDR gab es nach dem Offenlegen von Stalins Verbrechen keinen nennenswerten Personenkult mehr. Die wenigen Ulbricht- oder Honecker-Hymnen waren öffentlich unwirksam. Dennoch wurden, vor allem in den Aufbauzeiten der DDR, reichlich Lobgedichte auf das sozialistische Sein und Werden verfaßt. Unbestritten, daß diese Werke ihren Zeit- und Dokumentationswert haben. Auch der DDR-Geheimdienst wurde bedichtet, vornehmlich von eigenen Vertretern wie Markus Wolf, Erich Mielke oder von Mitgliedern des ministeriumeigenen »Zirkels schreibender Tschekisten«.

An die Genossen der Staatssicherheit im Jubiläumsjahr 1975

Angesichts mancher Engen und Weiten / Und einiger wie immer üblichen Schwierigkeiten / Stehen wir doch, können wir völlig beruhigt sagen / Mit unserem Staat und seiner Sicherheit / So jung wir auch sind nicht mehr in Kindheitstagen. / Ganz im Gegenteil! Der Säugling von damals / Trotz Mängel der Nachkriegszeiten / Recht gut genährt, hat sich bereits als Mann bewährt / Oder Mädchen, je nachdem / Ob es heißt: D e r Staat oder d i e DDR / Das sind nur vom Artikel, nicht von der / Sache verschiedene Pole! / Gestattet, daß ich mich ausnahmsweise / Mal wiederhole: / Die DDR! / Wir lieben sie sehr / Mit der Ostsee im Haar, den / Mecklenburgischen Weiten / Um die kräftigen Schultern / Die kugeligen Harzer Berge / Zum Anfassen: herrliche Seltenheiten! / Der schlaue Nabel Hauptstadt Berlin/ Und tiefer hin / Die sächsischen Hüften / Thüringischen Feengrotten / Jungs, für so ein Mädchen / kann man sich schon zusammenrotten (...) / »Werk harter Arbeit von Generationen« / Das sagte wer? / Ein ehemaliger Dachdecker! / Erster Sekretär, Erich Honecker! (...) / Ich sehe euch an: die operativen Genossen, die Sicherheitsposten / Die wachsamen Spezialisten, die Vernehmer und Fahnder... / Wie faß ich's zusammen? Ganz einfach: Tschekisten! (...) / Und wir alle sind mit Euch! / Auch der Dichter, der über Versen schwitzt, / sein Mädchen, das unterm Kirschbaum sitzt – / Der Auftrag, der uns zusammenhält, / den gaben uns Arbeiterhände, die härtesten und / gütigsten Hände der Welt.

(Helmut Baierl, 1975)

Diese um zwei Drittel gekürzte poetische Kostbarkeit hat der Autor in Knittelversen verfaßt, über die selbst Hans Sachs gestaunt hätte. Knittel sind aus dem 15./16. Jahrhundert stammende grobkomische, tollkühn gereimte Volksverse. Der wackere DDR-Lyriker Baierl hat den Knittel, in leicht flaxendem Ton, für seine Geheimdiensthymne als »Sprache der Arbeiterklasse« gewählt. Vorgetragen vom Schauspieler Hans-Peter Minetti sollte sie unter den Jubilaren für Stimmung sorgen. Ob und wie der Vortrag bei den Genossen der Staatssicherheit angekommen ist, weiß ich nicht. Ich weiß, daß Baierls Reimorgie tatsächlich zum Lachen reizt. Aber nur, weil sie aus lauter Fehlgriffen besteht. Geographie und Landesgeschichte mit einem Mädchenkörper zu vergleichen, ist pubertär, nicht poetisch. Verkitscht-konservative Lebensvorstellungen *(der Dichter der über Versen schwitzt / sein Mädchen, das unterm Kirschbaum sitzt)*, witzig-dümmliche Floskeln *(Die DDR / Wir lieben sie sehr)*, Belehrungen *(Das sind nur vom Artikel, nicht von der / Sache verschiedene Pole)*, sowie die perverse Lobpreisung der Staatssicherheit können keine noch so brachial gereimte Knittel ins Reich der Poesie retten.

SIND SIE NICHT PFUI TEUFLISCH ANZUSCHAUEN?
Lyrik & Lachen

Worüber man lacht, das ist komisch. Allerdings, nicht jeder Mensch begreift die Komik einer Situation, die Ironie eines Textes oder das Lachhafte schiefer Verse. Zum Erfassen von Komik gehört der Sinn für Komik.

Es gibt zahlreiche Theorien über das Komische. Von Aristoteles stammt die Erkenntnis, daß die Komödie durch das Erregen von Lachen die Ausräumung der Ängste bewirkt. Gemeint ist das Lachen der Vernunft über die Unvernunft, der Klugheit über die Dummheit und das Lachen über sich selbst. Grundlage des Komischen ist bei Aristoteles der Kontrast zwischen der Dummheit, die komisch wirkt und der Klugheit, welcher sie komisch erscheint. Immanuel Kant hält das Lachen für einen »Affekt aus der persönlichen Verwandlung einer gespannten Erwartung in nichts«. Jean Paul betont in der Komik den »Gegensatz zwischen Lächerlichem und Erhabenem«. Sigmund Freud dient der Witz zum »Lusterwerb«. Robert Gernhardt sagt: »Humor ist eine Haltung, Komik das Resultat einer Handlung.« Für andere ist Komik ein Kontrast- oder Kippphänomen, für wieder andere bedeutet sie Freiheit und Anarchie. Wie auch immer: Komik ist sehr subjektiv, aber stets durchbricht sie Erwartungshaltungen. Das Lachen, das sie erzeugt, kann uns entlasten – oder zerstören.

In der Lyrik entsteht Komik meistens aus dem Spiel von Reim und Metrik. Das Spiel muß man freilich beherrschen, sonst ergibt es nur Albernes. Lyriker, die bewußt auf das Lachen zielen, beackern ein unendliches Feld mit verschiedenen Abstufungen von Blödelei über Witz, Humor, Spott, Parodie, Ironie, Satire bis hin zur Groteske. Man kann die Stufen nicht immer scharf voneinander trennen, und ich beschränke mich auf zwei Arten.

Das Wort *Spott* kommt vom germanischen »Spubb«, was soviel wie »durch Ausspucken verhöhnen« meint. Spottgedichte gibt es seit der Antike. Deren berühmteste Vertreter sind Horaz und Catull. Die mittelalterliche Vaganten-, Narren- und Fastnachtsdichtung, auch sämtliche darauffolgenden Epochen nutzten den Spott als Waffe gegen Untugenden und Mißstände jeglicher Art. Ein Beispiel von 1930, aus der Blütezeit des deutschen Kabaretts:

Sogenannte Klassefrauen

Sind sie nicht pfui teuflisch anzuschauen?
Plötzlich färben sich die »Klassefrauen«,
weil es Mode ist, die Nägel rot!
Wenn es Mode wird, sie abzukauen
oder mit dem Hammer blauzuhauen,
tun sie's auch. Und freuen sich halbtot.

Wenn es Mode wird, die Brust zu färben
oder, falls man die nicht hat, den Bauch…
Wenn es Mode wird, als Kind zu sterben
oder sich die Hände gelbzugerben,
bis sie Handschuhn ähneln, tun sie's auch (…)

Wenn es gälte, Volapük zu lernen
und die Nasenlöcher zuzunähn
und die Schädeldecke zu entfernen
und das Bein zu heben an Laternen –
morgen könnten wir's bei ihnen sehn.

Denn sie fliegen wie mit Engelsflügeln
immer auf den ersten besten Mist.
Selbst das Schienbein würden sie sich bügeln
und sie sind auf keine Art zu zügeln,
wenn sei hören, daß was Mode ist.

Wenn's doch Mode würde, zu verblöden!
Denn in dieser Hinsicht sind sie groß.
Wenn's doch Mode würde, diesen Kröten
jede Öffnung einzeln zuzulöten!
Denn dann wären wir sie endlich los.

Erich Kästner, 1930

Was mich am Gedicht Erich Kästners begeistert, ist die Rigorosität des Spotts: die Modepuppen als Opfer der Verschönerungsindustrie und selbstmörderische Spezies. Kästners Spott richtet sich gegen Frauen, die jedem Kommando folgen und ihrem Leib das Äußerste zumuten. Vielleicht hat Kästner, während er auf damalige Trendsetter in Sachen Mode eindrosch, geahnt, daß es bald um mehr gehen würde, als um tollkühne Schminkerei oder affige Haartrachten: Modegesinnung wurde zur Gesinnungsmode. Diese führte geradewegs in den Krieg.

Dreißig Jahre vor Kästners *Klassefrauen* erschien im kaiserlich-königlichen Österreich folgendes Gedicht:

Die Modepuppe

So zierlich wie ein Marzipanfigürchen,
So niedlich, reizend, schmiegsam und scharmant,
Adrett, exakt, so trippelt wie am Schnürchen
Durchs Leben die Prinzessin aus Tragant. (...)

Sie hat den Gatten niemals noch betrogen,
Sie ist der Tugend Bild, das nur so strahlt,
Von Anstandsfirnis glänzend überzogen,
Und – was die Hauptsach ist – famos gemalt.

Es wird ihr leicht, von Sünde frei zu bleiben
(Schon weil dies oftmals der Figur nicht frommt);
Nur etwas könnte sie zum Treubruch treiben:
Wenn offiziell er in die Mode kommt.

Robert Eysler, um 1900

Auch das ist ein Spottgedicht zum Thema Mode, allerdings eher harmlos als herausfordernd. Das Motiv der »Prinzessin aus Tragant« (Die Stärke der Tragant-Pflanze wird in der Zuckerbäckerei als süße Dekormasse verwendet), 1912 vom Operettenkomponisten Oscar Straus im gleichnamigen Tanzspiel verwalzert, war offenbar ein beliebtes Motiv heiterer Gesellschaftskritik an der Donaumonarchie: die Prinzessin, die durch den Zwang der Etikette immer mehr die Gestalt einer Puppe annimmt und sich auch so fortbewegt. Es ist möglich, daß Erich Kästner das Gedicht sogar kannte und den *Modepuppen* mit seinen *Klassefrauen* echten spöttischen Ingrimm entgegensetzte.

Ob vom Dichter eine Moral verkündet oder Unmoralisches abgelehnt wird, ist kein Kriterium für Lyrikqualität. Es geht um das Wie. Spott ist immer moralisch, sollte jedoch muffige Belehrsamkeit durch Lachen auf das Niveau vergnüglicher Erkenntnis heben.

Was bei Robert Eysler wenigstens handwerklich ordentlich und von mildem Spott getragen war, gerät im folgenden Gegenwartstext lediglich zur naiven Beschimpfung:

Models

Was eine moderne Frau von Welt trägt,
wird von den Modeschöpfern festgelegt,
die ständig modisches Neues kreieren,
Models diese Mode präsentieren.
Der Job der Models ist zweifellos hart,
angetrieben vom modischen Diktat,
achten sie stets auf ihr Körpergewicht,
Kleidergröße vierunddreißig ist Pflicht.
Kalorienreiches sie daher meiden,
um schlank zu bleiben, oft Hunger leiden.
Manch dieser dürren Hungerhaken
ähneln dünnen langbeinigen Schnaken. (…)

Der Rhythmus des Textes gleicht dem eines Models, das beim Catwalk andauernd stolpert. Die Syntax ist unpassend wie ein Minikleid, das einer Seekuh zu tragen empfohlen wird, und Reime wie *trägt/festgelegt* oder *hart /Diktat* sind kompletter Murks. Die Erkenntnis des Autors zum Thema Mode erschöpft sich darin, daß *der Job der Models hart ist* und oft eine Eßstörung nach sich zieht. Das weiß inzwischen jeder Teenager. Komisch ist der Text nicht.

Diffiziler als der Spott ist die *Ironie*. Der Begriff kommt vom griechischen »eiron«, was soviel wie Schalk/Verstellung/Täuschung bedeutet. Ironie ist nicht auf Kunst beschränkt. Man kann sie definieren als Denkform der Vergrößerung des Bruchs zwischen Absicht und Wirkung, als Methode der Erkenntnisförderung und grundsätzliche menschliche Bewußtseinshaltung. Ironie ist stets hintersinnig, verhüllt bzw. bricht die Sprache. Oft meint sie das Gegenteil von dem, was gesagt wird; manchmal über- oder untertreibt sie auch nur. Ironie ist zwar mit dem Humor verwandt, löst aber niemals schenkelklopfendes Lachen aus, und lachen wird nur der, der die Bezugssysteme der Ironie versteht. Der Ironiker sieht die Sprach- und Verständnissysteme seiner Gesellschaft in der Krise, das macht ihn – im Gegensatz zum Humoristen – nicht bei jedem beliebt. Ironisch sein und Ironie verstehen setzt ein Maß an Intelligenz, Erfahrung, Bildung, Sprachempfinden, Lust an spöttischer Distanz, intellektuellem Gehorsam und vor allem Übung voraus. Kinder verstehen keine Ironie, können sie nicht identifizieren und nehmen alles ernst. Erst mit gewissen Kenntnissen, der Fähigkeit zur Distanz und Abstraktion wird Ironieverständnis möglich. Auch viele Erwachsene können mit Ironie nichts anfangen, sei es, weil ihnen die Hintergründe zum Verständnis fehlen, Naivität, Arglosigkeit, Religiosität, Ideologie oder eine hurmorlose Erziehung entgegenstehen. Oder weil es sie stört, daß Ironie mit Gefühlen indirekt umgeht.

Die neuen Fernen

In der Stratosphäre
Links vom Eingang, führt ein Gang
(Wenn er nicht verschüttet wäre)
Sieben Kilometer lang
bis ins Ungefähre.

Dort erkennt man weit und breit
Nichts. Denn dort herrscht Dunkelheit.
Wenn man da die Augen schließt
und sich langsam selbst erschießt,
dann erinnert man sich gern
an den deutschen Abendstern.

Joachim Ringelnatz, 1932

Die *Stratosphäre* hat es nach ihrer Entdeckung 1902 mindestens dreimal bis in den Poesiehimmel geschafft: bei Johannes R. Becher (»Wie groß der Mensch! und wie allmächtig/erhebt er sich in die Stratosphäre...«), bei Gottfried Benn (»Verlorenes Ich, zersprengt von Stratosphäre...«) und bei Joachim Ringelnatz. Im Gegensatz zu den expressionistischen Donnerworten seiner Kollegen wählt Ringelnatz einen beiläufigen Ton, der mich an einen Reiseführer denken läßt. Die Tour beginnt direkt in der zweiten Etage der Erdatmosphäre. Als ob es sich um einen Stadtrundgang durch Wurzen bei Leipzig handelt, weist der Reiseführer dem Leser den Weg: *Links vom Eingang, führt ein Gang...* Wir befinden uns aber nicht in einer Erdenprovinz, sondern dort, wo es nur Luft gibt: in der Stratosphäre. Der Guide lockt uns auf absurden Wegen in die Falle: Ein sichtbarer *Gang* führt ins Unsichtbare; der Weltraum scheint, als läge er um die Ecke; das *Ungefähre* macht den Anschein, *als* könne man dahin zu Fuß gehen – tja! wenn der Gang *nicht verschüttet wäre.* Strophe 2 wird von einem fulminanten Zeilenbruch eröffnet: *Dort erkennt man weit und breit/Nichts.* Als ob des Un-Sinns nicht genug wäre, *die neuen Fernen* in totaler *Dunkelheit* zu entdecken – man kann auch noch *die Augen schließen/und sich langsam selbst erschießen.* Am Ende der paradoxen Reise strahlt die Erinnerung an den *deutschen Abendstern:* voll Furcht von der Begegnung mit dem Unendlichen, dem Uneinsehbaren landet der deutsche Bürger wieder auf dem heimischen Sofa, liest seinen Hebel und Claudius und richtet sein Weltbild an der Gemütlichkeit aus. Ringelnatz schrieb das Gedicht 1932, als die Nationalsozialisten erfolgreich an ihrer »Allbeherrschung« arbeiteten. Auch aus diesem Grund kann ich *Die neuen Fernen* nur ironisch verstehen.

Folgende Verse sind ebenfalls ironisch:

Richtigstellung

Um die Dinge einmal wieder
Ins gehörige Verhältnis zu setzen: ich bin
Ein Eichbaum, ich singe mit tausend Vögeln.
Über mir geht die purpurne Sonne auf, das
Ist meine Liebe. Vorn, links unten,
Sehen Sie einen kleinen, grünen Gallapfel,
Das ist die Welt.

Peter Hacks, um 1993

Eine *Richtigstellung* setzt voraus, daß irgendwo eine falsche Meinung kursiert. Wer Peter Hacks Werke kennt, weiß, daß er das größte Mißverhältnis in der Proportion »Ich und die Welt« sucht und findet. Sein Motto lautet: »Die Obrigkeit bin ich!«. Wer anderes behauptet oder Demut fordert, dem gehört der Kopf zurechtgerückt. Das Gedicht verweist auf die gängige Machtkonstellation: Das kleine unbedeutende Subjekt in der großen mächtigen Welt. Hacks beginnt sofort mit der Korrektur: *Ich bin…* Es folgt der dem Dichter angemessene Vergleich *Eichbaum* (Symbol Deutschlands, vornehmlich in der Goethezeit). Über ihm (Hacks = Goethe) geht die *purpurne* (Farbsymbol der Macht) *Sonne* (Hauptstern) auf: die *Liebe.* Was für ein hintergründiges Enjambement!: … *meine Liebe. Vorn links unten. / Sehen …* Mein Blick wird nun an den unteren Bildrand gelenkt: zu einem *kleinen, grünen Gallapfel, / Das ist die Welt.* Als Galläpfel bezeichnet man kugelartige Gewebewucherungen an Pflanzen, die die normale Gestalt eines Organs verändern. Sie entstehen als Reaktion auf Fremdorganismen (Würmer, Insekten). Auf die Welt als Galle (Geschwulst) kann der poetische Feingeist verzichten. Er nimmt sie, wie ein Aristokrat seine Dienerschaft, nur noch von sehr weit oben herab wahr. Schon Mitte der 1970er Jahre hat der aus der BRD in die DDR übergesiedelte Peter Hacks – bei schärfstem Verstand! – seine Distanz zur Welt, so wie sie ist, bekundet. Als die Säulen ihres Ideals sah er Ordnung, privates Glück (Liebe), Wohlstand und eine gebildete Gesellschaft. Ruhe und Sicherheit zog Hacks jeder Revolution vor. Mit dem Umsturz des sozialistischen Systems 1989 wurde für den Dichter die »finale Niedergangsepoche« eingeläutet. »Die Obrigkeit bin ich!« über diesen Satz muß ich lachen, verstehe ihn aber als trotzige Geste gegen die Gebaren und Ansprüche der Weltregenten. Wie immer man Hackens Haltung zum Gang der Geschichte moralisch beurteilt – *Richtigstellung* halte ich für ein Meisterwerk der Ironie.

Folgender Text *will* ironisch sein:

Polizist

Vorm Bäcker steht
ein Falschparker.
Den mach ich noch zur Sau, so viel Zeit muß sein!
Und beim Bäcker erzähle ich, wie toll ich bin.
Und laß es mir schmecken.

Die in extremer Kürze geschilderte Situation schafft ein Mißverständnis: In den ersten beiden Zeilen erfahre ich, daß *vorm Bäcker* ein *Falschparker* steht. Unmittelbar darauf folgt wörtliche Rede. Man könnte meinen, der Falschparker und nicht der Polizist spricht. Die Ironie dieser Verse ist meines Erachtens nicht hintergründig und nicht scharf genug, um den eitlen Machtkerl in Uniform auf überraschende Weise zu zeigen. Allzu deutlich merke ich die Absicht des Autors. Das verdirbt mir den Spaß.

Polizist im Frühling

Morgens
trat mir die Sonne entgegen. Ich bin schon
mit ganz anderen Leuten
fertig geworden. Mein Gummiknüppel
wuchs mir aus der Hand, ich hatte
zu tun, hatte
Arbeit nach langer Zeit –
leider nicht viel, aber der Mensch
freut sich.

Günter Bruno Fuchs, 1965

Hier ist schon die Überschrift *Polizist im Frühling* doppeldeutig. »Sich im Frühling befinden« verstehe ich sowohl jahreszeitlich, als auch im Sinne sexueller Potenz. Befindet sich ein *Polizist im Frühling*, d. h. die Staatsgewalt im Rausch treibender Säfte, ist das komisch. Günter Bruno Fuchs läßt den Polizisten selbst zu Wort kommen: in der lächerlichen Sprache eines Angebers und primitiven Schlagtots, der offenbar lange keine Gelegenheit hatte, tätig zu sein (beruflich, wie sexuell). Doch eines schönen Frühlingsmorgens, prahlt der frustierte

Knüppelträger, *trat ihm die Sonne entgegen* – nicht irgendein kleiner Schurke, sondern das Zentralgestirn, das er zur Strecke bringen wird.

Zur Ironie gehört Selbstironie:

All dein Glück wie nie gewesen

All dein Glück wie nie gewesen,
aller Scherz wie nicht von hier,
und da möchtest du es schon mal lesen,
daß es jemandem so ging wie dir.

Ganz genau so unbegründet
mitten aus der Fahrt zu Fall –
Daß ein Ich sein Echo findet
in dem sterneleeren Überall.

Wie ein Lied aus bessren Tagen
streift dich der Gefangnen Chor –
ausgesprochene Versagersagen
reißen den Gestrauchelten empor.

Oder du auf deiner Einmannliege,
nachts, auf dem verrutschten Tuch,
wirst du deiner Einzigkeit gewahr –
Und es wär schon gut, wenn jetzt ein Buch
über dir zusammenschlüge
wie ein lichtgesäumtes Flügelpaar.

Peter Rühmkorf, um 2005

Selbstironie ist (siehe auch Hacks oder Heine) eine Form der Verarbeitung des Mangels an eigener Größe, bzw. des in melancholischen Stunden auftretenden Verdachtes dieses Mangels. Sie versucht den Gegensatz von Geist und Leben auf ihre Art zu bewältigen. Mit dem angesprochenen *Du* führt Peter Rühmkorf sein *gestraucheltes* Ich vor. Ich kenne es wohl: Fühlt sich einer in seiner *Einzigkeit* verkannt, schwelgt er in tragisch-gewaltigen Tönen *(Gefangenen Chor)* und richtet sich an *Versagersagen* berühmter Größen auf. In Heines Ton, in brillanten Über- und Untertreibungen, kokettierend mit der eigenen Eitelkeit nimmt sich Rühmkorf aufs Korn und wehrt sich souverän gegen Angriffe auf die »eigene Größe«.

Die größten Lacherfolge erzielt bei mir die *unfreiwillige Komik.* Wie entsteht sie? Die erste Voraussetzung ist deren Ernsthaftigkeit. Der Dichter betreibt ernsthaft sein Handwerk, das er nicht beherrscht, von dem er aber überzeugt ist, er beherrsche es. Über unfreiwillige komische Gedichte wird gelacht, aber Gelächter ist nun gerade nicht die Absicht ihrer Schöpfer. Es ist deren Ergebnis. Unfreiwillige Komik ist naiv, lebt von unpassenden Vergleichen, abenteuerlichen Mißgriffen bei Wortschöpfungen, allzu gewagten Reimen, falsch zusammengesetzten Redewendungen und vor allem aus der dem Autor unbewußten Mehrdeutigkeit von Worten und Wortfügungen:

Das Rachesonett

Er lag in seinem Bett unsäglich trocken,
als wäre er ein geiziger Patron.
Er hatte ihr ermordet ihren Sohn,
der Atem, dies zu denken, will mir stocken.

Sogar die Frechheit noch besaß er, Locken
zu tragen. »Nun erhältst du deinen Lohn«,
war ihrem Rächerinnenmund entflohn.
Sie stand jetzt auf den unhörbarsten Socken

da, und von irgendwo vernahm man Glocken.
Für sie nur existierte dieser Ton,
und in die Welt hinunter fielen Flocken.

Er schlief ununterbrochen, unerschrocken.
Nichts merkte er vom schauerlichen Hohn,
worin sie aussah wie ein saurer Mocken.

Robert Walser, 1930

Robert Walser war ein bedeutender Schweizer Erzähler, der jedoch mitunter aufs falsche Pferd gesetzt hat: Pegasus. Wohin trägt ihn das Dichterroß? Formal habe ich gegen das Sonett nichts einzuwenden: die Anzahl der Verse ist korrekt; das Metrum relativ regelmäßig; der A-B-B-A-Reim mit den mörderisch anmutenden O-Vokalen ist nicht nur ein umschlingender, sondern ein erwürgender Reim. Doch worum geht es? Jemand sieht einen Mann in *seinem Bett* liegen, und zwar *unsäglich trocken.* Handelt es sich um eine Mumie oder gar um eine sexuelle Anspielung? Weder noch, es ist ein Vergleich aus Sicht des Betrachters: *als wäre er ein geiziger Patron.* Der Kerl ist also trocken vor Geiz. Das kann man so sagen. Das Wort *Patron* aber scheint, wie fast jedes Endwort dieses Sonettes, dem Reim geschuldet. In Vers 3 erfahre ich von einem Mord, den der im Bett liegende Kerl begangen hat. Schwach weil umständlich ist der Satzbau: *Er hatte IHR ermordert IHREN Sohn.* In Vers 4 staune ich darüber, daß der Betrachter der Szenerie mit dem *Atem denken* kann; wiederum frage ich mich, wieso er dem Mörder ausgerechnet das Tragen von *Locken* als *Frechheit* unterstellt. Ich vermute, der trockene Mann ist von der Mutter des Opfers zur ewigen Ruhe gebracht worden, aber klar ist das nicht. Wer guckt hier eigentlich auf wen? Geschieht etwas, ist oder wird etwas geschehen? Bei aller perspektivischen Unklarheit: *Rächerinnenmund* und auf *unhörbarsten Socken* stehen, sind einzigartige lyrische Bildfindungen. Daß die Suche nach passenden Reimen oft ein heikles Unterfangen ist, habe ich bereits an anderer Stelle erläutert. Hier ein Beweis: auf *unerschrocken* reimt Robert Walser *saure Mocken.* Saurer Mocken nennt der Schweizer seinen Sauerbraten. Der schlafende Mörder, so endet das Gedicht, merkte nichts *vom schauerlichen Hohn, worin* (???) *sie* (die Welt? Die Rächerin?) *aussah wie ein saurer Mocken.*

Ums Morden geht es auch in diesem aktuellen Text:

Schicksalsmelodie

Fenster liegen unter Türen zersplittert.
Glas knirscht unter Schritten, Tritten.
Söhne töten wieder.
Naja, Kriege kommen und gehen. Ach Mutter, Mutter.
Ewige Wundenverbinderin, Trösterin, du Arme.
Du bist die erste meist,
die nach dem Schwanz des Söhnchens greift.
Gerührt und stolz bist du,
weil deine Hand das erste Ständerchen bewirkt.
Auch dich macht ein Sohn tot. Peng! Peng!!
Er sucht verzweifelt blindlings einen Ausweg
die Feinde tötet er wütend weinend.
O meine Mama, MEINE.

Einzige
Unerreichbare. Göttin.
Unerbittliche Richterin, unerträglich Verzeihende.
Laß los!

Hier wird keine schnulzige *Schicksalsmelodie* gesungen wie in Karel Gotts gleichnamigem Schlager, hier wird mit der Realität abgerechnet! Und zwar mit der des Krieges. Die ersten drei Zeilen führen uns an eine Trümmerstätte und zwar alliterierend, was soviel wie stabreimend bedeutet: l*ie*gen, zerspl*itt*ert, kn*i*rscht, Schr*itten,* Tr*itten,* w*ie*der. Dieses beliebte literarische Mittel hat – bevor es die Germanen und Richard Wagner für sich entdeckten – schon Heraklit verwendet: »*P*olemos *pa*nton men *pa*ter esti = der Krieg ist der Vater aller Dinge«. Dieser Spruch wird unseren Autor inspiriert haben. Aber was hat er für eine sagenhafte Detonation erlebt, wo *zersplitterte Fenster* unter *Türen* liegen! Und das Glas *knirscht unter Schritten, Tritten.* Tritte auf Schritte folgen zu lassen, ist zwar überflüssig, aber wenn's Reim, Rhythmus und der guten Sache dient, muß ich es hinnehmen. 1931 löste Kurt Tucholsky mit seiner radikalen Ansage »Soldaten sind Mörder« einen Sturm von Zustimmung und Empörung aus, dessen Ausläufer bis in die Gegenwart reichen. Der Verfasser der *Schicksalsmelodie* faßt es konkreter: *Söhne töten.* Und zwar *wieder.* Um welches Gemetzel es geht, darüber wird sich sehr lasch geäußert: *Naja, Kriege kommen und gehen.* So ist das eben, naja. Doch jetzt taucht die *Mutter* auf, die *Wundenverbinderin, Trösterin, Arme.* Ein Idealweib wie aus einer germanischen Heldensage. Als Schlußakkord der *Schicksalsmelodie* erklingt eine dramatisch gebündelte Zusammenfassung der Psychoanalytik, in der sowohl die Trauma-, als auch die Triebtheorie, die ödipale, sowie infantile Sexualität mitschwingt. Fazit des Verfassers: die Söhne morden die Mütter. *Peng! Peng!*

Mißlungene Gedichte sind komisch. Allerdings kann man nicht über jedes lachen, im Gegenteil. Ich gebe Peter Hacks in seiner Feststellung recht: »Schlechte Gedichte müssen schon außerordentlich gut sein, um so außerordentlich komisch zu sein.«

Als Königin der unfreiwilligen Komik gilt Friederike Kempner, die »schlesische Nachtigall«. Sie wirkte im 19. Jahrhundert als sozial engagierte Gutsbesitzerin, Verehrerin von Napoleon, Goethe, Hegel und Heine und natürlich als Dichterin. Fast jedes Gedicht von Friederike Kempner ist ein Kleinod unfreiwilliger Komik und hat schon zu Lebzeiten der Autorin Leserscharen zum Lachen gebracht.

Die Poesie

Die Poesie, die Poesie,
Die Poesie hat immer recht,
Sie ist von höherer Natur
Von übermenschlichem Geschlecht.

Und kränkt ihr sie, und drückt ihr sie,
Sie schimpfet nie, sie grollet nie.
Sein legt sich in das grüne Moos,
Beklagend ihr poetisch Loos!

Friederike Kempner, 1882

Drei Posaunenstöße eröffnen das Gedicht: *die Poesie! die Poesie! die Poesie!* Man darf gespannt sein, was es mit der Poesie auf sich hat. Ohne jeglichen Bildungshochmut stellt

Friederike Kempner fest: *Die Poesie hat immer recht.* Die Begründung für diese Aussage sieht die Poetin in deren *übermenschlichem Geschlecht,* also deren Göttlichkeit. Es ist das, was Klassiker von Goethe bis Hölderlin auch zu beweisen versuchten, nur daß es bei ihnen komplizierter 'rüberkommt. So robust und unumstößlich Friederike Kempners Feststellung, daß die Poesie immer recht hat, ist, weiß sie doch, daß die Poesie gern von ungezogenen, spöttischen Rezensenten in den Dreck getreten wird. Kempner selbst kann ein Lied davon singen und tut es. Sie warnt aus Erfahrung heraus: wer die Poesie *kränkt und drückt* (Lachsack?), wird an seiner Bosheit scheitern! Denn dieses übermenschliche Wesen, *schimpfet* und *grollet nie.* Wie aber wehrt sich die Poesie (d. i. Kempner) gegen die Bösewichter? fragt sich der mitfühlende Leser. Zielgenau erfolgt die Antwort: *Sie legt sich in das grüne Moos / beklagend ihr poetisch Loos!* Es verbietet sich, das von Kempner oft benutzte Bild des *grünen Mooses* mit tiefenpsychologischer Deutung überzustrapazieren, ebenso wie es sich verbietet, die Schlußverse in irgendeiner Weise als sinnvoll zu interpretieren. Wie schräg die Verse der schlesischen Dichterin auch sein mögen, sie hat es jedenfalls zur Berühmtheit gebracht.

DIE DEPPERNDE OEDE FRAU DOOD

Mundart im Gedicht

Es gibt Dichtung in reiner Mundart und welche, wo Mundart lediglich als Mittel benutzt wird. Mundart – ob sie zur Heimat- oder Hochdichtung zählt – ist die Sprachform mit der geringsten kommunikativen Reichweite. In Oberwiesa klingt es anders als in Niederwiesa. Es gilt: je höher die Berge, je tiefer der Wald, je kleiner die Insel und je undurchmischter die Städte, desto geringer die Trefferquote des Mundartlichen, mit der sich Leute untereinander verstehen:

Wu de Hasen Hosen haßen
Un de Husen Hosen sei,
Wos a schriftlich is ze lasn,
Do is Mundart, deitsch un frei.

Arthur Schramm

Bis zu Beginn des Barockzeitalters um 1600 war sämtliche Literatur in Deutschland in Mundart verfaßt, abgesehen von der lateinischen Gelehrtendichtung. Mit der Einführung des Standarddeutschen wurde die Volksdichtung von der Hochdichtung abgegrenzt. Das war ein spannender Prozeß in der gesamten europäischen Literatur. Mundart ist heute ein Museum der Sprache, ein Relikt. Im Gegensatz zum Hochdeutschen entwickelt sie sich nicht weiter, stirbt aber auch nicht aus. Selbst im anglizistischen World-Wide-Web-Zeitalter nicht. Die Sehnsucht nach Zugehörigkeit, das Wehren gegen

Gleichmachung, Vereinnahmung, Globalisierung und das Bewahren heimatsprachlicher Spezialitäten ist kulturell wichtig und kann sehr unterhaltsam sein. Herkömmliche Mundart-, sprich: Heimatdichtung versinkt aber oft in biederer oder gar reaktionärer Volkstümlichkeit. Sie lebt von holzmichelhaft Heiterem, schenkelklatschenden Büttenreden, gamsbärtigen Gstanzln oder Waterkantkitsch. In ihr herrschen das Flachspaßige, naiv Naturschwärmerische, Provinzielle, Belehrende, Chauvinistische oder Ideologische. Es fehlt fast jeglicher literarische Anspruch, vor allem der der Sprachkritik. Die Verfasser glauben, allein die Beherrschung eines Dialekts, genüge, um ein Gedicht zu schreiben. Doch auch Mundartdichter sollten über lyrisches Reflexionsvermögen verfügen und sich in Augenhöhe mit der hochsprachlichen Literatur befinden. Wer nur Heimatliches mundartlich rührt und reimt, bleibt ein Trachtenvereinslyriker.

Die mir vertrauteste Mundart ist das Erzgebirgische:

Mei Gebarche du, Arzgebarche du,
freilich biste windig und a kalt
freilich biste orm, bist su battelorm,
doch du bist mei Liebstis uff der Walt. (...)

Und is emo aus, is mit mir mo aus,
kumm ich in de finstre Arde nei,
sull mei Grob bei dir, narnds ols wie bei dir,
du mei liewis Arzgebarche sei...

Max Tandler, 1936

Diese Liebeserklärung an die Heimat ist ernsthafter als das Heileweltgesäusel, das man sonst oft von Dialektdichtern liest und hört. Dennoch finde ich den Text sentimental. Nicht komplett anders, aber bildreicher und anrührender ist für mich die heimliche Hymne des Erzgebirges:

Feierobndlied

De Sonn steigt hintern Wald drübn nei
besaamt de Wolken rut
e jeder legt sei Warkzeig hi
on schwenkt zen Gruß senn Hut.
's Feierobdn, 's is Feierobdn
es Togwerk is vullbracht
's geiht alles seiner Haamit zu
ganz sachte schleicht de Nacht. (...)

Gar mannichs Harz hot ausgeschlogn
vorbei is Sorg un Müh
On übern Grob ganz sachte zieht
es Rauschen drüber hi.
's is Feierobdn, 's is Feierobdn...

Anton Günther, 1903

Wie einfach und doch abgründig! Dieses Abschieds- und Trauerlied verbindet das sächsische und böhmische Erzgebirge. Der Feierabend bezeichnet sowohl das Arbeitsende als auch den Tod. Unausgesprochen spüre ich die Armut der Leute, deren Glauben, Verzweiflung, Demut. Über dem Text liegt das atemberaubende, fast romantische Geheimnis der Landschafts- und Menschennatur. Obwohl man selbst im Hochdeutschen die Stärke und Tiefe des Liedes spürt, wirkt es durch die Mundart, d. h. es ist unübersetzbar. Mundart ist also Hörart. Ihr Reiz besteht in der Vielfältigkeit des Klanges der anderen Partitur, weniger in der literarischen Substanz.

Auch die beste Mundartdichtung bleibt dem Lokalen verhaftet. Anderswo ist sie ja auch nur schwer oder gar nicht zu verstehen. Für meine Begriffe, die ich Dialekte in meiner Literatur gern gebrauche, ist Mundart heutzutage nur von Bedeutung, wenn sie als spracherhellendes- bzw. sprachkritisches Material benutzt wird. Die berühmtesten Beispiele ungewöhnlichen Umgangs mit Mundart stammen von den sprachspielwütigen Barockpoeten, sowie aus der um 1950 entstandenen Wiener Gruppe um Artmann, Achleitner und Rühm. Deren experimentelle Dialektdichtung hatte damals nicht nur die Wienerwaldgemüter erzürnt, sondern alle, die sich durch die Verhohnepiepelung in ihren Brauchtumsgemütlichkeiten gestört fühlten.

schmieren

schmieren
sein ein lächelndes
ein aus antlitz scheißendes
mitten heraus sich verbreitenden kräusselnen munnenden lippenen
und hier das knochenkopf
gepolsteren seien mit einen wangenen
zwei-einen wangenen, rouge rouge
und seine einen schmierenen sung-sang

»wos schmias denn so glanna, kumm
und hupf in mai lecherl rein –
i bin die die deppernde oede
die deppernde oede frau dood«

Ernst Jandl, 1990

Das Genre »Lautgedicht« tangierend beginnen die Verse in einer Art Kunstdialekt. Die vielfältigen Bedeutungen des Wortes *schmieren* (bestreichen, einfetten, jemanden bestechen, ohrfeigen, unsauber schreiben oder malen) sind bekannt. In Wien sagt man *schmieren* auch zum »küssen«. In Jandls Gedicht spüre ich den Todeskuß: unappetitlich und begierig, den Verfall des menschlichen Leibes in Vanitasmanier umspielend. Die eigentliche Mundart kommt am Schluß als wörtliche Rede: d*ie deppernde oede frau dood* lockt das in körperlicher Auflösung begriffene und greisenhaft infantilisierte Subjekt, den *glannan,* wie eine Nutte vom Wiener Straßenstrich. Das *lecherl* bedeutet gleichermaßen Vagina wie Grab, das Wort *oede* klingt nach Erde. Der Tod spricht bei Jandl Mundart, das heißt: er ist unter den Menschen. Ein großartiges grausliges Gedicht.

Folgender, in schlesischer Mundart verfaßte Text hingegen bringt es nicht weiter als bis zum Heimatabend:

Wenn de alt warst

wenn de alt warst, kriegst de Mucka
überall fängst an zu zucka
selbst die Knucha braucha Schmiere
wie ne ungeölte Türen
knacke se wu au sitza.
Und der Duktar hilft mit Spitza. (...)
Biste drin eim Himmelhaus,
kimmst de labend nimme raus.

Helmut Nitzsche, um 2010

wo unter dem *BLINK*en der *KAMERA*s, *APFELSIENEN*farbig glänzende *NYLON*hosen zur Schau getragen werden. Ich lese das Gedicht nochmals und diesmal anders: aus der Wortassoziation »Status« wird plötzlich *STAUB*, aus *PARA PARADE*, aus *KAMERA KAMERAD*, die Modefarbe Orange wandelt sich zu *BLUT*, aus *B REIT* wird BEREIT. Das Spiel endet in salvenartigem Lautgeknatter.

mutterlyrik

santa satan sei dank bin ich voller fussel
& genieße es, zu frieren mein zustand ist bedeutsam
ätsch, formschöner diktator nicht zu klein, nicht zu groß,
pontifex marxissimis con amarezza du selbst mit dir selbst
auf dem schoß
  gute reise, rüstige greise
  felder, wälder, auen, gauen
  sauen; stalltüren, starallüren
  weizäcker links, waldheim rechts

mutterlyrik lüpft alle probleme
der grosse, die dorthin anfallen
zo zwischen angst & 'öffnung, fickfack &
schnickschnack, & verdammtnochmal schabernack (…)
  gute reise, günstige preise
  flüsse, küsse, bitternisse, harte nüsse
  blutergüsse ; stahltüren, starallüren
  grotewohl oben, adenauer unten (…)

die erde brach als ich rauskroch
als meine gottgleiche mich gängelte
indem sie mir die hand reichte, haushoch

als meiner abgrunzbevollmächtigten das maul troff
brach ich mir einen ab, tragik war drastik (...)
gute reise, fickrige meise
eskaliere, eskaladiere, schwadroniere (...)

Bert Papenfuß, 1995

Papenfuß' *Mutterlyrik* beginnt mit dem Schüttelwort (Anagramm) *santa satan.* Heiliger Teufel! Sofort ist klar: es geht nicht um die persönliche Mutter, sondern um das, woher das Ich kommt, was ihn »erzogen« hat: das Vater-Land, die Mutter-Sprache. Das Spiel der Worte wird mit bitterem Spott (*con amarezza)* getrieben. Ideologische, religiöse, sexuelle und zeitliche Bezüglichkeiten werden collagiert. Hochliteratur mischt sich mit Dialekt und Säuferjargon, Pathos mit Rotzigkeit, Machtfloskeln mit Rotwelsch. Der heutige Leser wird nicht jede Anspielung verstehen. So verbindet er vielleicht mit *waldheim* den ehmaligen österreichischen Bundespräsidenten Kurt Waldheim, nicht aber das älteste und größte Zuchthaus Sachsens, worauf das Gedicht anspielt. Oder der Leser weiß nicht, daß der Abschnittsbevollmächtigte in der DDR ein Volkspolizist war, dem manch politisch Widerständischer seine *reise* nach Waldheim verdankte. Bei Papenfuß wird er eine Mischung aus Schwein und Polizist: der *Abgrunzbevollmächtigte.*

So viel Vergnügen mir provokantes Lautspiel auch bereitet, empfinde ich doch die furioseste Kalauerei, die frechste Verballhornung und extreme Sabotierung aller Sprachregulanzien auf Dauer als erschöpfend. Den schnellsten Überdruß bereitet mir, was wie aus nicht zu stoppenden Wortauswurfmaschinen kommend, in meinen Augen lediglich narzistische

Kaleidoskopien erzeugt; was statt sprachlicher Beschlagenheit Resultate linguistischer Sammelleidenschaft präsentiert; was bloß virtuose Klangteppiche knüpft und, sich auf Avantgardismus berufend, doch nur als Trendsetter taugt:

(...) radix Zündgeäst und troffen Tropfen, Tannen-Rom
ummanteln, die von lohen Tarn-Farne, wasserzeichnen
Waagen, Tusch von Sonnenstrahlen, jetzt, und gegengehen
Joche, Grobsand-Steine, ich siegle meine Hand in Moos (...)
(...) passiere eine Vorschein-Schonung, Hufspur, klamme
Spiegelfechter, erwacht
gedritterschein die Sprache säumen wie ich sehe, Aberlampen
Tagsplint-Spechte (-fach) auf Quastenbäumen, einnist-weißen
Schäumestoffen überschnitt zu Schotten (webe)Tuch-Buchen,
gittern
Stäbe, Mund von Stunden unterwassern Schwirrlinien, Moiré
Mischpulte, blühende Klaviere (mit den Tasten lauschen:
Du wirst in klaren Kleidern kommen) – (wach): (...)

Uwe Tellkamp, 2010

Mag sein, daß es sich hierbei um ein Ergebnis großer Kunstfertigkeit handelt. Da ich keine avantgardegeübte Leserin bin, weiß ich es nicht genau. Es ist nämlich offenbar irrig, den Text verstehen, d.h. irgendetwas von der Wirklichkeit in ihm erkennen zu wollen. Das würde wahrscheinlich sogar das Wirkungsprinzip zerstören. Ich will mir nicht nachsagen lassen, ich hätte es nicht versucht. Der große Brockhaus und Google werden mir helfen, dem Text auf die Spur zu kommen.

Radix, das weiß ich ohne Nachschlagwerk, ist das lateinische Wort für »Wurzel«. Man verwendet es in der Anatomie (z.B. Zahn- oder Haarwurzel) und in der Mathematik (Wurzelziehen). Radix heißt aber auch eine Gattung der Schlammschnecken, und tatsächlich spüre ich diese beim Lesen durch die Zeilen kriechen. Bei *troffen Tropfen, Tarn-Farne* und *wasserzeichnen* erahne ich die für Schnecken notwendige Feuchtigkeit, verende jedoch im Versuch, Zusammenhänge zu erfassen, wie eine Radix auf trockenem Sand. Ich finde heraus, daß das schöne Wort *gedritterschein* eine bestimmte Konstellation zweier Gestirne bedeutet, doch bei *Tagsplint-Spechte* drohe ich abermals zu scheitern. Da kann nur Google helfen und tatsächlich: es existiert eine Firma mit dem Namen »Splintspechte«. Sie errichtet Spielplätze aus Holz. Das paßt, denke ich erleichtert. Tellkamps Text ist für mich ein Klettergerüst aus Fachwörtern und Neologismen, durch das ich mich, stets absturzgefährdet, hindurchhangele. Muß ich mir aber, weil ich beim Weiterklettern nur noch *Schwirrlinien* und *weiße Schäumestoffe* sehe, Sorgen um meine Bildung und mangelnde Verknüpfungskompetenz machen? Keinesfalls. Denn – hurra! – am Ende glaube ich herausgefunden zu haben, was der Text darstellen soll: den *Moiré*-Effekt, der sich als das Überlagern von regelmäßigen feinen Rastern durch scheinbare grobe Raster definiert – ein technisches Spiel am *Mischpult* der Sprache.

Geradezu als Kinderspiel erscheint mir die Lektüre folgenden Textes. Er führt mir zwar ebenfalls meine Rückständigkeit in Sachen Technik & Zeitgeist vor Augen, hilft mir dennoch, das Überkomplexe und oberflächlich Mäandernde postmoderner Fachsprachen-Spiele zu verstehen:

immer stärkere lesergehirne bedrohen die wirkmacht der dichtung.
während früher ein gedicht nur einige wenige informationen enthielt

vermittelt heute das laden von großen datein ein völlig
neues lyrik-
gefühl. neben strophen mit komplexen erkenntniseffekten
harren
bretthartе verse des schmieds. das gedicht das ich nun für
uns ausge-

sucht habe heißt »tastaturereignisse« und läßt sich leicht im
baukasten-
prinzip zusammenstecken. auf geht's. wenn du TEXT
startest öffnet
sich automatisch ein feld: krumig schollig glänzend fett.
Folgeeindruck:
frappant! Abnorm hoher fruchtstand. Am bildrand weitet
sich das fenster
»erntehelfer« bereits zum veritablen pflücker. In rascher
folge rauschen

zeichen übers blatt: icon-gewitter / morphischer bums.
TEXT *schiebt*
beharrlich klone nach: rübe wurzel strunk. schote scheint
aus der mode (...)
du erhältst authentische welle bzw. zeilenfall real. was folgt
ist reine
fleißarbeit: metrum takten / reime schichten / dann alles
schön herbst-
lich einrichten. fehlt nur noch das signal für POEM OVER.
(...)

Ulf Stolterfoht, um 2011

Stolterfoht gibt eine kritische Vorführung des lyrischen Sammel- und Überschüttungsphänomens, der worteerbrechenden Computerdatein in moderner randbeschnittener rhythmischer Prosa. Aus den ironischen Wortsuaden lese ich ein Poetikreferat samt »Einführung in die Verwendung des PCs zum Zweck der Lyrikherstellung«. Das *völlig neue lyrikgefühl*, heraufbeschworen durch das bloße Benutzen der Technik, den Codes der digitalen Welt, entpuppt sich als *morphischer bums* und *reine fleißarbeit. komplexe erkenntniseffekt*-Produzenten stehen *brettharten* Reimeschmieden gegenüber. Die Benutzung des Computer-*Baukastenprinzips* für die Lyrik, lese ich aus dem Gedicht, bringt geklonte *Tastaturereignisse* hervor, die unendlichen Verlinkungsmöglichkeit können ihr Ende nur im *Poem over* finden. Nur die Ironie der Stolterfoht'schen Zeilen macht es mir möglich, dem zuzustimmen.

GRENZÜBERGÄNGE. ZWISCHENNOTIZ

Das gespielte Gedicht

Ursprung aller Poesie ist das gesungene bzw. gesprochene Wort. Ich bin überzeugt, daß jedes Gedicht – mit Ausnahme der optischen Poesie – durch lautes Lesen Kraft, Zauber und Transparenz gewinnt. Voraussetzung dafür ist, daß der Vortragende die Verse versteht und an das Publikum zu versenden weiß. In allen Zeiten war das Vortragen von Lyrik von gesellschaftlicher Bedeutung: Mystiker, Pfarrer, Minne- und Meistersänger taten es. In Dichterbünden, Lyrikzirkeln, Literaturhäusern, auf Bühnenbrettern, in Speakers' Corner-, Poetry-Slam- oder Open-Mic-Veranstaltungen schaffte und schafft sich Lyrik Gehör. Gegenwärtig herrscht weltweit eine regelrechte Spoken-Word-Kultur, die es immerhin dahin bringt, der relativ sterilen Art und Weise, Lyrik zu rezipieren, etwas Atmosphärisches hinzuzufügen.

In den vorangegangenen Kapiteln habe ich versucht, anhand einiger Beispiele das Spiel mit Sprache im Gedicht näher zu beleuchten. An dieser Stelle scheint es mir notwendig, ein anderes Spielfeld der Lyrik zu erwähnen, nämlich das, wo nicht das Material zum Gedicht, sondern das Gedicht zum *Material* wird. Dabei will ich weder auf Gedichtinstallationen, Wortskulpturen, Lyrikleinen, Poesiebauchläden, begehbare Zettelkästen, Performances, Poesiefilme noch was es sonst an multimedialen Lyrikpräsentationen gibt, eingehen, sondern auf einen Trend, der die heutige Lyrikwahrnehmung, vor allem unter Schülern, maßgeblich bestimmt: *das gespielte Gedicht.*

Ab und zu erreichen mich Anfragen von Schülern oder Lehrern, die mich um Hilfe beim Verstehen meiner Gedichte bitten:

> Hallo, Frau Hensel!
> Ich bin Schülerin der 12. Klasse und mache Deutsch Leistungskurs. Ich muss ein Vortrag über »DDR-Lyrik vor 1989« halten, und kann das aber nicht. Frau P. hat mir Ihr Gedicht »Schatten Riss« aus dem Lehrbuch gegeben, aber das verstehe ich nicht. Auch die anderen in der Klasse können damit null anfangen. Überhaupt mit Gedichten, die sind viel zu kompliziert. Die Zeit vor 1989 kenne ich wenig, aber das ist wichtig wegen dem DDR-Bezug. Frau P. hat mir drei was vorgegeben: Unrechtsstaat, Wende, Freiheit, damit soll ich kreativ umgehen. Sie hat gesagt, wenn Sie eine Homepage haben, soll ich Sie mal fragen, was Sie mit dem Gedicht wollen und auch was Sie davon halten, dass sie als Lehrerin auf die Idee gekommen ist dass wir das Gedicht spielen, weil wir es da besser verstehen als wenn wir den Text auseinandernehmen und eine Interpredation machen. Frau P. weiss nur bis Goete bescheid, hat sie selber gesagt. Sie war aber die Regiseurin von unserem Stück. Das mit dem Spielen hat uns riesigen Spass gemacht, und jetzt wollt ich Sie fragen, ob Sie bereit wären, zu uns zu kommen und sich Ihr Gedicht ansehen (…)

Nicht, daß ich jedem dieser Rufe folge, aber in dem Fall war ich bereit, den Schülern und deren Lehrerin Rede und Antwort zu stehen.

Vorab das Gedicht:

Schatten Riß

Jetzt haben wir uns
eine Sonne geschaffen und haben sie über
uns angemacht und sind dann
druntergestanden bis wir Bilder warfen
und da lobten wir uns unkenntlich lang
wuchsen wir und liefen
breit, taub und lichtlos, und da ist was
dazwischen
gekommen
und das geht mitten durch
uns.

Kerstin Hensel, 1983

Spielort war die Aula des Gymnasiums. Es herrschte Halbdunkel. Die Schüler lagen hingestreckt auf der Bühne, als würden sie schlafen. Nach einer Weile trat von der Seite Frau P. auf. Sie trug einen weißen Hosenanzug, schwenkte eine an einem Besenstiel befestigte Pappsonne und verkündete: »Freiheit!« Da erhoben sich die Schüler, räkelten und reckten sich der Pappsonne entgegen, liefen durcheinander, begannen zu tanzen, zu springen, sich zu umarmen. Dabei sprachen sie mit verteilen Stimmen die Verse. Ein Junge legte einen Breake-Dance hin, ein anderer machte Handstand, wieder andere warfen Imaginäres in die Luft, ein Mädchen zerriß ihr T-Shirt. Auf das Kommando der Lehrerin: »Riß!« schüttelten alle die Fäuste und riefen im Chor: »Wir sind das Volk!« Das Saallicht wurde angeschaltet, und die Schüler marschierten der Sonnenträgerin nach in die »Freiheit«.

Ich sparte mir den Beifall und bot den Akteuren an, mich mit ihnen gemeinsam der Vielfalt des Gedichtes zu nähern. »Was gibt's denn da noch zu erklären?«, wollte Frau P. wissen, »Meine Schüler haben sich mit der Aufführung viel Mühe gegeben, das muß man schließlich anerkennen.« Außerdem wies mich Frau P. streng darauf hin, daß sich ihre Schüler mit dem Gedicht »freispielen« sollten, mehr nicht. Lyrik-Interpretationen, so die Lehrerin, seien pädagogisch längst überholt, angesagt sei Kreativität.

Obgleich sich Frau P. in die Kantine verzogen hat, hatte ich die Schüler auf meiner Seite. Ich setzte mich mit ihnen zusammen, nicht um über ihr Erspieltes, sondern um über *Schatten Riß* zu reden. Zu Anfang gab ich *meine* Lesart des von mir verfaßten Gedichtes zum Besten:

Erst einmal sollte man um die Existenz des Begriffes »Schattenriß« wissen. Der Schattenriß (Silhouette) ist eine Form des Kunsthandwerkes, wobei der Umriß bzw. die Kontur einer Fläche (Körper, Landschaft, Gegenstand) dunkel vor einem hellen Hintergrund (oder umgekehrt) abgebildet wird. Im 18./19. Jahrhundert kam der Schattenriß unter deutschen Intellektuellen in Mode, und mehr oder minder bedeutende Persönlichkeiten ließen sich in Scherenschnitten oder Tuschzeichnungen verewigen.

Das Gedicht birgt eine Anspielung auf das Hell-Dunkel-Prinzip und spielt mit dem Wörtlichnehmen des Begriffes. Zunächst kann man das Gedicht als Liebesgedicht lesen: Das Paar hat sich ein Symbol seiner glühenden Liebe geschaffen: *eine Sonne.* Da die Sonne dieser Verse aber nicht einfach am Himmel steht, sondern *angemacht* wird, fällt sie von der Himmels- auf die Wohnzimmerebene und ähnelt einer Lampe. Die sich in der Maßlosigkeit ihres Gefühls sonnenden

Liebenden werfen (Schatten)*Bilder*. Schatten kann für Seele stehen. Das Paar *lobt* sich in seiner scheinbaren Einmaligkeit bis ins Unendliche. Durch das Übermaß des Hellen verliert die Beziehung an Kontur. Die Schatten verschwimmen, die Sonne verlischt – die Liebe/Seele hat einen Riß bekommen. – Man kann *Schatten Riß* auch als Zivilisationskritik lesen und die *über uns* angeknipste *Sonne* als technische Errungenschaft sehen. Der Riß im Gefüge verweist auf die Gläubigkeit an den ewigen Fortschritt der Menschheit durch maßloses Wachstum der Wirtschaft. – Erst auf der dritten Gedichtebene geht es um die DDR. Man entdeckt die melancholisch-ironische Markierung (m)einer Generation, die – Anfang der 1980er Jahre – die *Sonne* der Utopie einer besseren Gesellschaft nur noch als künstliches Licht wahrnimmt. Sie ist der Verheißungen, die keiner Realität entsprechen, überdrüssig geworden. *Bilder,* zu *Schatten* verfinstert, haben sich *unkenntlich* verzerrt. Die sozialistische Idee ist zur Scherenschnittsilhouette geworden, das Wir *mitten durch* gerissen. In den Zeilenbrüchen führe ich das Zerrissensein vor: *Jetzt haben wir uns / eine Sonne geschaffen und haben sie über / uns angemacht...*

Am Ende erzählte ich den Schülern noch von der Zeit, in der ich das Gedicht geschrieben habe; wie wir (die Gleichgesinnten) mit Kunst, Musik, Literatur und Theater geistige Ruhestörung betrieben. Auch wenn mir die Schüler aufmerksam zuhörten – so schien es mir jedenfalls – blieb die reine gedankliche Auseinandersetzung mit dem Gedicht für sie unattraktiv. Ich mußte also auf das Spiel zurückkommen, und wir gingen wieder auf die Aula-Bühne.

Ich schlug vor, alles, was ich bei der Schüleraufführung gesehen hatte, zu vergessen und eine »Kollektiv-Maschine« darzustellen: Ein Schüler vollführt eine mechanische Bewegung und rezitiert dazu ebenso mechanisch, in ständiger Wiederholung den ersten Vers von *Schatten Riß*. Die anderen Schüler kommen einer nach dem anderen hinzu, »bauen« mit ihren jeweiligen Bewegungen und Versen die »Maschine«. Von Vers zu Vers komplettiert sich diese, arbeitet kraftvoller, aber auch lauter, dampfender, unverständlicher. Bis sie plötzlich – durch den »Ausfall« eines einzigen »Bauteiles« – in sich zusammenbricht. – Diese Spielvariante hatte eine frappierende Wirkung, weil sie über die plumpe Bezüglichkeit zum Geschichtsklischee hinausging. Dennoch blieb der subtile Reiz des Gedichtes auch da zugunsten des Aktionistischen auf der Strecke.

Sich von etwas Aufwändigem freimachen klingt verführerisch. Aber mißverstandene Kreativität führt weder zum Spiel, noch zu einer Erkenntnis. Wird sich nicht gedanklich mit Versen auseinandergesetzt, wirkt »Kreativsein« wie ein hilfloser Versuch, dem gefürchteten Genre Lyrik auszuweichen und sich anzubiedern an die Absichten modischer Forderungen wie Zerstreuung statt Konzentration, Äußerlich- und Beliebigkeit statt Phantasie und Kommunikation. Die Schüler waren nicht durch die Auseinandersetzung mit dem Gedicht überfordert, sondern durch die Aufgabe, etwas zu spielen, was nicht spielbar ist.

Poesie vermittelt sich über das Sprechen. Natürlich ist erlaubt, sie in anderen als der üblichen Rezitations- bzw. Buchform darzureichen. Gekonnte Grenzüberschreitungen, das Befreien von Fesseln und Konventionen geben gängigen poetischen Trockenübungen erfrischende Kicks. Aber warum lassen sich Gedichte nur selten überzeugend körperlich darstellen? Spielen bedeutet Handeln. Eine Handlung führt stets von einem Punkt zu einem anderen. Gedichte haben selten eine Handlung und wenn (z. B. in Balladen), ist sie allenfalls illustrierbar. Das unmittelbar Sinnliche (Körper, Gesten, Schreie, Farben, Bilder, Musik), und wird es noch so dilletantisch dargeboten, wirkt auf den Zuschauer stärker als irgendein sinnvoller Text. Das heißt: gespielte Gedichte schalten Sprachsinn, vor allem die Vieldeutigkeit von Versen zu Gunsten optischer oder akustischer Reize weitgehend aus.

Spielbare Verse existieren in der Versdramatik als Sprachmaterial von Figuren, die sich in einer bestimmten Situation befinden und darin handeln. Ich sage damit nicht, daß gespielte Gedichte generell unmöglich sind. Werden sie in eine nachvollziehbare konkrete Situation gestellt und nicht mit Kunststückchen, sondern erfahrenem Leben gefüllt, begreife ich über die Darstellung unter Umständen sogar mehr, als über die reine Lektüre.

ARGH! ICH KÖNNT RASIERKLINGEN KOTZEN!

Poetry Slam (Spoken Word Poetry)

Häng deine Hoffnung an ein Plastikschwein
made in Taiwan,
häng deine Hoffnung an ein' Pflasterstein und andern Kleinkram.
Zur Show gibt es Kitsch,
zum Popstar das Image,
zur Schönheit die Bräunung,
zum Glück gibt's die Täuschung (…)

(Bas Böttcher, um 2010)

Zwar habe ich ein paar Mal bei Poetry-Slam-Veranstaltungen im Publikum gesessen, bin aber keine Kennerin. Trotzdem weiß ich, daß es im Wesen des Slam liegt, sich der Textanalyse zu entziehen. Es geht in der Slampoesie weder um das gedruckte Wort, noch um literarische Werte, sondern um Bühnen*performance* und »Atmosphäre«. Textvergleiche haben also keinen Sinn.

Poetry Slam ist ein Phänomen unserer Erlebnisgesellschaft: eine Mitmachveranstaltung, die Theatersäle und Sportstadien füllt. Marc Smith hat Poetry Slam 1986 in Chicago erfunden und eine weltweite Bewegung ausgelöst, bei der immerhin das gesprochene Wort im Mittelpunkt steht. Poetry Slam (*slam* = Schlacht) ist ein Wettstreit, in dem »Poeten« im Alter von etwa 15 bis 35 Jahren gegeneinander mit selbstverfaßten Texten antreten. Die Slammer und Slammerinnen versuchen die Gunst des Publikums zu erobern, indem sie (nach wenigen äußeren Regeln) furios, witzig, lässig, ungezähmt und unorthodox ihre Texte, besser: sich selbst darbieten. Die Publikumsjury wertet. Dies geschieht nicht nach literarisch-ästhetischen Maßstäben, sondern mit Johlen, Klatschen und Buhen. Bewertet wird das Zusammenspiel von Text, Performance und Autor. Wobei es eher auf den Coolnessfaktor, als auf eine wirklich gute künstlerische Darstellung ankommt.

Slamtexte sind ein Ragout aus allen möglichen lyrischen, prosaischen und popkulturellen Stilrichtungen. Sie würdigen das Gewöhnliche, Alltägliche, Private, die Poesie als *Hirnfick* und *individualism pur.* Aber auch Modeerscheinungen, Philosophisches und Politisches werden aufgegriffen. Letzteres, trotz des Kabaretteffektes, wirkt auf mich oft vordergründig und naiv belehrend. Daß bei Slammern leichtironisches Selbstverständnis vorherrscht, macht sie mir sympathisch, schürt aber auch mein Mißtrauen. Permanente (Selbst)ironie signalisiert: man soll nicht nur den sogenannten etablierten Literaturbetrieb, sondern auch den Wettbewerbscharakter einer Slam-Veranstaltung nicht ernst nehmen. Tut man auch nicht. Schließlich dient der ganze Zirkus nur dem Entertainment, der harmlos-fröhlichen Unterhaltung, dem Starkult. Ein Szeneslogan lautet: *Dichter sind andere auch nicht.* Slammer sind Selbstdarsteller, Wortboxer, Schnellsprechakrobaten und vor allem coole Schluffis. Ihre Kleidung nennt sich offiziell »Poetenmode« und besteht aus schlabbrigem T-Shirt, Kapuzensweater, Hängejeans und Turnschuhen. Die Darstellungskraft der meisten Slammer gipfelt darin, Hiphop- und Rappergesten andeutend, das Mikrophon zu jonglieren und bei Sätzen wie *Wo ist denn mein Sackhaar geblieben?,* einen fragenden Blick in den Hosenschlitz zu werfen. Viele Texte haben, bei allem Witz und aller Wortartistik, etwas eitel Pupertäres. Die kritischen kratzen gerade soviel an der Gesellschaft, daß sie nicht zurückkratzt. Aber das ist auch nicht der Sinn von Slam Poetry: zu mißfallen. An manchen Auftritten, bei denen ich zugegen war, hatte ich Spaß. Zusammenkünfte von Leuten, die zuhören, gleiche Gedanken und Gefühle teilen, sind etwas Wichtiges. Doch was nur im Gemeinschaftsgefühl einer großen Zuschauermenge seine Erfüllung findet, löst in mir Beklemmung aus. Ich verabschiede mich zeitiger als andere aus solchen Veranstaltungen.

Obgleich es sich verbietet, Slamtexte in gedruckter Form zu konsumieren oder gar zu analysieren, gebe ich einen kurzen Textausschnitt zur Einsicht:

Jammer-Session

Jeder von uns jammert mal, das ist oke
Aber Jammerlappen pflastern dieses Jammertal
von der Isar an den Rhein bis an die Spree
(…) Ich streich das Rrr aus JammerRrr
und jämme, ja ich jämme
Argh! Ich könnt Rasierklingen kotzen!
Weil wir nur meckern und motzen
und nur kleckern, statt zu klotzen (…)
und deshalb streiche ich das R aus Jammer
und jämme tsch-tsch-tsch-tschämme
ohne dass ich jemals gähne (…)
Ich bin kein Fontane
Nein, ich bin eine Fontäne
denn ich sprudel einfach über
wenn ich hier so jämme, jämme (…)

Bumillo, um 2010

Die *Jammer-Session* trägt eine witzige Idee: das Spiel mit den Worten *Slam – Jam* und *Jam – Jammer.* Der Begriff Jam-Session kommt aus der Jazz- und Rockmusik und bedeutet das zwanglose Zusammenspiel einzelner Bandmitglieder. Jammen ist also improvisieren. Mit seiner *Jammer-Session* jammt Freestylepoet Bumillo das *Jammern.*

… FEST IM GRIFF ALTER MAUERN

Vers & Tradition

Wie schon erwähnt, ist für einen Lyriker die Kenntnis dessen, was und wie *vor* ihm geschrieben wurde, eine Bedingung. Zwar braucht es, um Poesie zu Papier zu bringen, nicht unbedingt tiefgründigste Einblicke etwa in die Gesetze asklepiadeischer Strophen, germanischer Stabreimkunst oder japanischer Kanshi-Moren, jedoch empfehle ich eine Wissensgrundausstattung mit den wichtigsten Vers- und Gedichtformen unserer Literatur. Nur wer weiß, woher er kommt, weiß, wohin er geht – ich halte diesen Satz jederzeit für wichtig.

Nachahmungen antiker und romanischer Verse betrieben Dichter seit dem frühen Mittelalter. Sie maßen sich damit an den Altvorderen und übten sich dabei an Eigenem. Höhepunkte gab es in der Renaissance, dem Barock, der Weimarer Klassik und einer bestimmten Richtung der DDR-Lyrik. Im Grunde ist die Weiterentwicklung der Künste erst durch Nachahmung, Nachbildung und Veränderung/Sprengung traditioneller Formen möglich. Jede Form hat ihre Zeit, jede Zeit ihren Ton.

Natürlich bedienen sich auch gegenwärtige Lyriker, die mehr als einen naiven Zugang zur Dichtung haben, mitunter traditioneller Vers- und Gedichtformen. Sei es, um sich handwerklich auszuprobieren und/oder, die alte Form mit neuem Ton gefüllt, ihre Arbeit in ein spezielles Licht zu stellen. Das ist ziemlich kompliziert, denn jeder Vers sollte ein adäquates

Maß für das sein, *was* ausgedrückt wird. Man kann also nicht einfach heutige Sprache in ein historisch überliefertes Metrum quetschen und so tun, als seien Alexandriner, Hexameter, Blankverse und dergleichen Verse des 21. Jahrhunderts. Historische Versformen führen zu einer extremen Überhöhung des Sprachstils. Ihr Gebrauch kann sinnvoll, aber auch peinlich sein. Der Autor muß wissen, was und warum er in welcher Versform zu schreiben gedenkt. Damit gewinnt er genaue Kenntnis der Verseigenschaften, ein sicheres Sprachgefühl und das Bewußtsein, was die jeweilige Formentscheidung mit dem zu verhandelnden Inhalt anrichtet.

Ich wähle den Vers in dem Homer, Vergil und Horaz Götter- und Weltgeschichte geschrieben haben. Auch wenn der Hexameter im Deutschen dem Leser nur glauben macht, daß er sich in antiken Rhythmen bewegt, ahmt er den episch-repräsentativen Ton des Originals nach. Die deutschen Klassiker haben dem Hexameter zwei Aufgaben beigemessen: eben mit jenem hohen Ton besingen, was ihre Zeit an Erhabenem zu bieten, bzw. man von ihr zu erhoffen hat (Bsp: Klopstocks »Messias«, Hölderlins »Brot und Wein«, Goethes »Römische Elegien«) oder die Form parodistisch benutzen (Bsp: Goethes »Reineke Fuchs«, »Hermann und Dorothea«). Ein Klassiker des 20. Jahrhunderts, Bertolt Brecht, startete 1945 den Versuch zu einem Lehrgedicht in antikisierendem Ton. Inspiriert von Lukrez' Lehrgedicht »Von der Natur der Dinge«, das die Lage des Menschen im Universum ohne den Einfluß der Götter behandelte, dichtete Brecht das Kommunistische Manifest von Marx/Engels in Hexameter um: eine kämpferische Gedankensammlung, welche von der Versform leider nicht zum Fliegen gebracht wird, sondern sich wie ein undurchlässiger Glassturz über sie stülpt.

Vermischt sich in der Kunst Altes mit Neuem, dringen

Zeitalter ineinander. An dieser Stelle interessiert mich auch, was der Hexameter Ende des 20. Jahrhunderts ausrichten kann:

Pilzgericht für Prometheus

Stoj, Prometheus! Kau-Casus der Pellkartoffel, ErSchöpfer
Der gedünsteten Zwiebeln, Speckwürfel und Sotter der
Pilze!
Papillarissimus Unser, Riskierer von Weltbrand und
Wodka:
Stoi i spassibo! Stammt doch das flockigste Rührei samt
Würze
Deiner Revolution ab: Krumen der Totentrompete.
Oder im Hexenkreis tanzten reißzweckgroß auf der Sode
Nelkenschwindlinge, wo des Machtdoktors Namenlos
Grund stückt
Und mir Poet alias Postfrau die Pilze statt Trinkgeld parat
warn.
Oder wo Giftbomber starteten gegen die Kerfe der Erde –
Deine Geier, Prometheus! – Roh riß ich die Pilze vom Roll-
feld,
Schlundete lohheiß die Schwämmchen voll Kerosinkraft und
Kali. (…)
Wohin willst du, befreit und kreuzweis patronengegürtet?
Iß ein letztes Mahl mit mir hier und schreib das Rezept
auf!:
Wo dein Kampfknast am Waldrand verweste, wuchs
Leckerbiß auch: (…)
Pilzduft! Hör, Prometheus! Pulverdampf all der Scheiße
War er und sahn wir im Liegen die harten aufstrebenden
Schwänze,

Weiße und dunkelgeschuppte und jeder vollkommen beHütet! –
Keiner von uns, auch du nicht, Prometheus, wirst in dem Buch stehn,
Das in Paris die bedeutenden Esser der »Blutente« zählt, doch
Du bist einer von Dreien, die das Schmackhafteste aßen:
»Birkenpilz auf Sowjet-Schutt und – Schiß«, und wir Köche
Warn des Chaos' Poeten: Mehrere Heere, Armeen
Schneide man aus Asiens gewaltsamem riesigen Rücken,
All die Kämpfer. Angstschweiß,Geschlagner auf russischen Recks und
Heimwehtränen von Glatzkopfknaben und »Prawda« und Wodka...
Alles verscholl mit der Truppe. Uneßbar nun suppt in dem Tümpel
Nur noch ein von Zyklopen gasbetongeblasener
Riese altstinkender Tünche aus Blut. Stoj, Prommi, mein Alter!
Geh! Halt die Hände ums Flämmchen wie damals und schmecke das Beste!
Kann ich, dein Mensch, dir noch jemals so stramm die Georgica lesen?

Wilhelm Bartsch, 1994

Als ich das Gedicht das erste Mal las, war ich vom martialischen Ton, mit dem das lyrische Ich Prometheus Einhalt gebietet, erschlagen. Sogleich brannte ich darauf, diesen mit unzähligen Anspielungen, Sprachspielen und Parodien verstrickten Text Vers für Vers aufzulösen. Die Bezüge zu Gestern und Heute, Geschichte und Politik, Sprache und Literatur, Mythologie und Mykologie sind so vielfältig, daß eine detaillierte Ausführung den Rahmen dieses Kapitels sprengen würde. Nur soviel:

Im Kaukasus (1922-1991 zur Sowjetunion gehörend), wo der Titan Prometheus für seine frevelhafte Selbstüberhebung von Zeus an einen Felsen geschmiedet wurde, spricht zu ihm ein von ihm »geschaffener« »neuer Mensch«: kein Held, kein »Säulenheiliger der Revolution« (wie Marx und Lenin) mehr, nur noch ein hungriger *Glatzkopfknabe*, der für viele steht: ein heimkehrender Sowjetsoldat. In Wilhelm Bartschs Gedicht wird sarkastisch mit dem *Riskierer von Weltbrand und Wodka* abgerechnet. Im *Hexenkreis* tanzende *Totentrompeten* und *Schwindlinge* bestimmen das *Pilzgericht*. Wie Myzelien durchdringen Gifte, militärische und erotische Gewalten die Natur. Das Ich hat nur noch Mitleid für seinen Schöpfer übrig und stuft den einst Glorifizierten zum *Prommi* herab.

Das ausschreitende Versmaß verstehe ich als Parodie des Heldengesanges, sowie als Anspielung auf Vergils *Georgica*. Bartschs in nahezu perfektem Hexameter verfaßte, mit deftiger Gegenwartssprache gefüllte Verse sind für mich eine der scharfsinnigsten Angriffe auf die Götter- und Heldenverehrung.

Antikisierend versucht sich auch ein anderer Autor unserer Zeit:

Veneziana

(...) VI (...)
Herzmuskelfleisch ist das Wasser hier, fest im Griff alter Mauern,
Bewegt unter Krämpfen, aus weiter Ferne, unbeständig, nie diaphan.
Bei jeder Systole weicht das Publikum ein paar Schritt zurück.

An den Ufern der neue Flaneur sieht sich mitgerissen,
erschauernd,
Mit allem Seetang, dem Müll und den weißen Medusen aus
Zellophan,
Die als Plastiktüten beim Einkauf dienten, ausgesetzt auf
gut Glück.
Peristaltisch der Blick folgt dem Treibgut, hinaus zum Lido
gezogen.
Selten sind Requisiten dabei aus Opern, die alle tragisch
enden.
Keine Maske treibt dort, kein Brautkranz, kaum ein
zerrissnes Billett. (…)

Durs Grünbein, 2007

Die Verse des homerisch gestimmten *Flaneurs* klingen hexametrisch, sind aber keine reinen Hexameter. Solch »unsauberes« Metrum kann ein bewußt angewandtes Deformationsprinzip sein (wie z. B. in Rilkes »Duineser Elegien«), aber auch auf handwerkliche Schlamperei des Autors verweisen. Ich nehme an, Durs Grünbein hat sich an das Idealmaß nur angelehnt, weil er weiß: pedantisch ausgeklopft ist es noch kein Qualitätsmerkmal. Bemerkenswert an der dem Gedichtzyklus entnommenen Textstelle finde ich den Metaphernvergleich des Schlagens des Lagunenwassers in Venedigs *alten Mauern* mit einer Herzmuskelbewegung. Ich sehe an historischer Stätte im trüben Wasser angespülten Zivilisationsmüll und ein Publikum von Touristen bzw. Opernbesuchern. Längst ist Venedig keine Stadt mehr, nur noch ein Museum, ein Anschauungsklischee; das »Herz«: eine Abfallbewegungsmaschine. Bei aller Rafinesse, mit welcher Durs Grünbein Historie und Gegenwart verfugt – solche Betrachtung dringt nicht in mein Inneres. Das *Mitgerissene* und *Erschauernde*, das der Autor von sich behauptet, begreife ich, nehme es ihm aber nicht ab. Vielleicht ist die Ursache dafür ein allzu flüchtiger Blick oder eine fehlende innere Notwendigkeit des Formgebrauches.

Im Nachahmen alter Gedicht- oder Versformen, im gebundenen Vers überhaupt, geht es dem Lyriker um das schöne Gleichgewicht zwischen Freiheit und Bindung. Die deutsche Literatur lebt von Formen, die sie aus anderen Literaturen, auch fernen und alten, übernommen hat. Es ist jedoch selten der Fall, daß sich heutige Hobbydichter an Terzinen, Ghaselen, Distichen, Alexandrinern oder dergleichen versuchen. Sie kennen diese Formen bzw. Metren nicht, oder wenn, scheinen sie ihnen zu altmodisch oder kompliziert. Um so rätselhafter ist mir die Tatsache, daß seit fast einhundert Jahren das Verfassen von *Haiku* als Modewelle aus Japan zu uns herübergekommen ist. In jedem Deutschunterricht, in zahllosen Haiku-Zirkeln, -Foren und -Gesellschaften, wird teils subtil, teils trivial versucht, das Geheimnis des japanischen Kurzgedichtes ins Deutsche zu importieren. Warum das? Ich vermute, viele »Kreative« suchen im Medienwirbel eine Nische der Meditation. Das Haiku-Dichten bietet sich da an. Doch meistens gerät es, mit deutscher Lehrmeisterei betrieben, nur zu einer Disziplinübung. Da jedes halbwegs intelligente Kind bis drei und auch Silben zählen kann, wird glauben gemacht, daß jeder, der soetwas hinbekommt, ein Poet ist.

Ich selbst habe einmal an einem Renshi-Kettengedicht mitgearbeitet, habe also gar nichts gegen das Ausprobieren exotischer Lyrikspiele. Wir hatten beim Arbeiten unseren Spaß, aber gute Gedichte sind dabei nicht entstanden. Die Liebe vieler Europäer zu asiatisch hingetupften Momentaufnahmen kann ich nur schwer nachvollziehen. Dabei finde ich es gar nicht schlecht, drei kurze, jahreszeitlich/natursymbolische Zeilen aufs Papier zu bringen, die – im besten Fall – beim Leser zartes Wortflirren hinterlassen. Nur werde ich schon nach der gutwilligsten Lektüre eines halben Dutzends Haiku unausweichlich von Langeweile gepackt. Was im japanischen Verständnis eine reizvolle und meisterhaft betriebene Kunst ist, wirkt, europäisch aufbereitet, für mich oft nur banal:

Blüten laden ein
öffnen weit ihr Tor
für Frühlingsgäste

Wenn sich schon auf engstem Raum in abgemessener Silbenzahl ein Bild behauptet, sollte dieses wenigstens stimmen. *Blüten* kann man nicht mit einem sich *öffnenden Tor* vergleichen, allenfalls mit Türlein, was aber auch albern wäre. Ein Haiku gefällt mir, wenn es tatasächlich ist, was es im Ursprung bedeutet, nämlich ein »lustiger Vers«:

Die Kastanien blühn.
Ich nehme es zur Kenntnis
äußere mich aber nicht dazu.
Günter Eich

Folgendes Haiku hingegen wirkt auf mich humor- und belanglos:

Nördliche Winde.
Im trockenen Weizenfeld
raschelt sanft der Herbst.

Besser als das verbrauchte Bild vom sanft raschelnden Herbst klingt:

Die Weizenfelder
tragen das Meer übers Land
kenternde Traktoren.

Jan Wagner

Jan Wagner hat ein ungewöhnliches Bild gefunden, poetisch, mit einer Spur Komik. Daß ein Haiku auch wunderbar unartig sein kann, zeigt schließlich dieses Wochentags-Haiku:

freitag, eine frau
mit der verhatschten syntax
doofer gedichte.

H.C. Artmann

UNTENRUM MIT HUSCHELWAR'

Gedichte für Kinder

Auf dem Bett da sitzt mein Teddy Puh,
und schaut mir gern beim Schlafen zu!
Er ist immer da, geht's mir mal schlecht,
kuschelt gern, doch ist nicht echt!

In meinen Träumen, da wird er lebendig,
kann laufen, tanzen, ist dabei recht wendig.
Er läuft und tanzt mal hin und her,
ich lache, denn das gefällt mir sehr.

Reich mir die Pfoten zu fröhlichem Reigen,
auf die höchste Wolke wollen wir steigen!
Suchen den Schatz am Ende vom Regenbogen,
komm, wir reiten auf des Himmels Wogen. (…)

Viele glauben, daß Gedichte für Kinder so einfach herzustellen sind wie Förmchenkuchen im Sandkasten. Gerade das Einfache ist schwer zu machen. Gedichte für Kinder unterliegen denselben poetischen Maßgaben wie Gedichte für Erwachsene. Ihre Besonderheit besteht darin, daß sie in unkomplizierter Sprache geschrieben sind und sich meistens reimen. Ein eingängiger origineller Rhythmus ist wichtig, weil im Kind musikalisches Grundgefühl angelegt ist. Der Reim ist wichtig, weil er Verse merk- und wiederholbar macht. Formal besitzt das *Teddy-Puh*-Gedicht diese Eigenschaften, ist aber in solch schiefen, kindtümelnden Bildern und holperndem Rhythmus geschrieben, daß ich keinem Kind wünsche, es jemals hören zu müssen.

Tanz, Teddy

Tanz mit mir mein Teddybär,
hast'ne Nas, die mag ich sehr,
obenrum mit Wuschelhaar,
untenrum mit Huschelwar'.
Tanz, Teddy, tanze.

Tanz mit mir mein Teddybär,
hast'nen Bauch, den mag ich sehr,
vorne ganz aus Polsterol,
hinten ganz aus Rolsterpol.
Tanz, Teddy, tanze.

Tanz mit mir mein Teddybär
hast kein Bein, kein andres mehr.
Hast ein Bein aus Strobelheu,
ganz und gar aus Hobelstreu.
Tanz, Teddy, tanze.

Günter Saalmann, um 1970

Tanz, Teddy ist perfekt, d. h. das Metrum spiegelt den bärigen Tapsrhythmus wieder; die Schüttelreime des 3. und 4. Verses jeder Strophe das Schwindligwerden beim Tanz. Der Vorgang ist so einfach wie originell, so lustig wie traurig. Was dieses Gedicht für mich von vielen ihrer Art abhebt, ist jene subtile Liebesbezeugung, die das lyrische Kind-Ich der alten zerzausten einbeinigen Spielzeugkreatur macht, indem es sie trotz seiner Versehrtheit ins Herz schließt. Der Autor hat dies weder mit erhobenem Zeigefinger noch mit sentimentalem Püppikitsch geschrieben.

Das Sandmännchen

Wunderschön der Abendhimmel
Mond und Sterne hoch im Glanz
Sandmann reitet auf dem Schimmel
durch der Wolken Eleganz.
Auf der Suche nach den Kindern
die nicht schlafen wollen dann
den Zauberstaub ins Aug zu streuen
dass endlich Schlummer finden kann.

Sät dies hoch vom Himmel oben
vom endlos weiten Wolkenzelt
sehend all die kleinen Kinder
dieser ach so großen Welt.
Lustig mit der Zipfelmütze
Nase rot vom kalten Wind
freut sich dies auf alle Kinder
die vor allem artig sind. (…)

Diese Reimerei ist nicht mehr als eine dahingeworfene Drolligkeit, ungeschickt in der Sprachwahl, mit hanebüchener Grammatik, abgedroschenen Bildern *(weites Wolkenfeld / lustige Zipfelmütze)*, sowie Klischees veralteter Drohpädagogik (*Kinder… die vor allem artig sind.*)

Wie bezaubernd dagegen folgendes Gedicht:

Der Sandmann

Wenn es Nacht wird, wenn es Nacht wird
und die Lampe ausgemacht wird,
zieht der Sandmann durch die Stadt,
und er trägt auf seinem Nacken
einen riesengroßen Packen
wo er Träume drinnen hat. (…)

Und er gleitet, und er gleitet
in den Himmel, der sich weitet,
und die Winde blasen sacht.
Und er segelt mit den Träumen
in den sternenhellen Räumen
durch die große blaue Nacht.

James Krüss, um 1960

Hier zieht mich der magische Rhythmus in Bann, in eben jenen, den die Sandmannfigur seit Urzeiten beschwört. Zwischen den Zeilen spüre ich nicht nur den kinderzimmertauglichen Traumbringer, sondern den Kinderschreck. »Die Lampe löschen« kann heißen, daß etwas zu Ende geht. Trägt man *einen riesengroßen Packen/Träume* auf dem *Nacken,* nämlich dort, wo die Angst sitzt, kann man auch Alptraumhaftes assoziieren. Natürlich ist in James Krüss' Versen nicht der Alptraum das Thema, sondern das Zauberhafte.

Nicht nur zauberhaft sollte es in guten Kindergedichten zugehen, sondern auch lustig und spielerisch:

Spatzensalat

Auf dem Kirschbaum Schmiroschmatzki
saß ein Spatz mit seinem Schatzki,
spuckt die Kerne klipokleini
auf die Wäsche an der Leini.
Schrie die Bäurin Bulowatzki:
»Fort, ihr Tiroteufelsbratzki!«
Schrie der Bauer Wirowenski:
»Wo sind meine Kirschokenski?
Fladarupfki! Halsumdratzki!
Hol der Henker alle Spatzki!«

Friedrich Hoffmann, um 1970

Wahrscheinlich hat sich der Verfasser Friedrich Holländers berühmte Zungenbrecher-Kabarettballade »Stroganoff« zum Vorbild für seinen *Spatzensalat* genommen. Warum auch nicht. Was für ein Getschilpe, was für ein toller Wortsalat! Der Autor nimmt das Wort *Spatz,* eine banale Handlung und vermischt alles mit slawischen Endungen – das Lautmalerische läßt mich an »etwas kleinhacken« denken, und ich kann das laute Fluchen der Bauern hören. Auch Kinder haben ihre Freude am spielerischen Klang der Verse. Der Erwachsene, zwischen den Zeilen lesend, erkennt die Mordlust der Bauern an den Spatzen. Aber, liebe Eltern und Erzieher: das Gedicht ist kein Aufruf zum Mord an Singvögeln und auch keine Diskriminierung unserer polnischen oder russischen Mitmenschen. Es ist einfach nur ein schöner frecher Spaß, und ich finde Kindergedichte reizvoll, wenn der Erwachsene etwas liest, das dem Kind verborgen bleibt und beide Leserschaften ihre Freude haben.

DAS LEBEN IST EIN GEDICHTE

Gedichtgedichte

Gedicht über schlechte Gedichte

Wer glaubt, daß er was er in Versen singt,
in künstlerische Höhen schraubt,
nur weil er Worte in Kreuzreime zwingt,
oder in Paarreimen dichtet,
auf was man denkerisch gern verzichtet; (…)
Wer glaubt modern
in
freien
Versen
sich
sehend
als
Dichter
auch fühlend
Wirklichkeit zu ertasten vorgibt
irre
Satzbausteine
schaffend
aufeinandertürmt
Wer in Vergleichen sich ergeht,
die wie Blumen im Winter
oder Pferdekutschen in der Vergangenheit
oder auch Morgenröte in östlicher Sonne

einen Sinn zu verdunkeln scheinen.
Den es doch gar nicht gibt;
wer also Worte ohne Inhalt formt,
wer dichtet ohne zu denken (...)
sein Werk ist wertlos,
wie ein Brunnen ohne Wasser.
Also merke, Dichter: Hast du nichts auszudrücken,
Was suchst du nach Ausdrücken?
Gedichte bedürfen
Des Gedachten.

Oh, habe ich nicht gerade auf mehr als zweihundert Seiten versucht, das Thema zu beleuchten? Wie ich sehe, geht es auch kürzer. Die Meinung des Verfassers, was ein schlechtes Gedicht sei, unterscheidet sich nicht wesentlich von meiner. Doch das *Gedicht über schlechte Gedichte* ist selbst ein schlechtes. Weil genau das fehlt, was der Verfasser Nichtkönnern vorwirft: der Gedanke. Nun gut, ich kann sagen, der Gedanke ist: theoretische Versatzstücke in die jeweilige Gedichtform zu zwängen. Das könnte sogar funktionieren, wenn man dabei Witz und Originalität walten läßt. Mit biederer Schulmeisterei jedoch gerät der Text zum Eigentor. So auffällig es ist, daß sich viele Amateure gern mit Widmungs- oder Bezugsgedichten an die Seite von Goethe, Hölderlin, Rilke oder Hesse drängeln, so auffällig ist es, daß sich dieselben Autoren, Kennerschaft behauptend, über die Unzulänglichkeiten gegenwärtiger Dichtkunst (die eigene ausgeschlossen) mokieren.

Auch Goethe mokierte sich, jedoch nicht über miese Dichtkunst, sondern über die Unfähigkeit der *Herren Philister,* für die Poesie ein ewiges Rätsel bleiben wird:

Gedichte sind gemalte Fensterscheiben!
Sieht man vom Markt in die Kirche hinein,
Da ist alles dunkel und düster;
Und so sieht's auch der Herr Philister:
Der mag denn wohl verdrießlich sein
Und lebenslang verdrießlich bleiben.

Kommt aber nur einmal herein!
Begrüßt die heilige Kapelle;
Da ist's auf einmal farbig helle,
Geschicht' und Zierrat glänzt in Schnelle
Bedeutend wirkt ein edler Schein;
Dies wird euch Kindern Gottes taugen,
Erbaut euch und ergetzt die Augen!

J.W. von Goethe, 1827

Das Gedicht des 78jährigen Goethe ist eine altersweise Parabel, die Deutschlehrern aller Generationen den erleichterten Seufzer entlockt: endlich bringt es mal einer auf den Punkt – *Gedichte sind gemalte Fensterscheiben.* Das Goethegedicht ist aber mehr als eine schlagende Antwort auf die Frage, was es mit dem Rätsel der Poesie auf sich hat. Es geht nicht um die Fensterscheiben selbst, sondern um einen Vorgang: Bleibst du draußen, bleibt es dunkel. Kommst du 'rein, tut sich eine Welt auf, an der man sich erbauen kann. Theodor Fontane schrieb einmal: »Anstaunen ist auch eine Kunst. Es gehört etwas dazu, Großes als groß zu begreifen.« Diese Aussage imponiert mir am meisten an Goethes Gedicht. Auch wenn Gedichte für mich heute mehr als *gemalte Fensterscheiben* und glänzender Zierrat sein können, nämlich auch dunkles Geheimnis, Unergründliches, Aufrührerisches, Spielerisches oder Unheiliges.

Bei Oskar Pastior gefällt mir der provokant gestaltete Einfall, der öde Diskussionen darüber, was ein Gedicht sei oder nicht, mit der Negierung der üblichen Gedicht-Leser-Konstellation ins Absurde führt:

immer

das gedicht gibt es nicht. Es
gibt immer nur dies gedicht das
dich gerade liest. Aber weil
du in diesem gedicht siehe oben
sagen kannst das gedicht gibt
es nicht und es gibt immer nur
dies gedicht das dich gerade
liest kann auch das gedicht das
du nicht liest dich lesen und
es dies gedicht hier nur immer nicht geben (…)

Oskar Pastior, um 2000

Noch amüsanter finde ich dieses Gedicht:

Kein Wunder

wenn man so aussähe wie
was man den ganzen tag treibt
müßte ich heut wie ein gedicht aussehen
ja aber wie sieht denn ein gedicht aus

und wie siehst denn du wieder aus
was hast du bloß den ganzen tag getrieben
man sollte lieber ein gedicht schreiben
wenn man so aussieht wie du

ach und wie sieht denn dieses gedicht aus
das sieht dir wieder mal ähnlich
ist ja kein wunder wenn man es
den ganzen tag wie du treibt

wie es aussieht wirst du
nie wieder ein gedicht schreiben
obwohl man sich fragt was du
sonst den ganzen tag treiben solltest

Kito Lorenc, um 2010

Ich lese von einem Poeten, der sich mit der letzten Energie, die er noch besitzt, nämlich der Selbstironie, aus einer Schreibkrise herausarbeitet. Gegen sich selbst gerichtete Floskeln wie »Wie siehst du denn wieder aus?«, »Was treibst du eigentlich den ganzen Tag?« oder »Das sieht dir ähnlich!« werden wörtlich genommen. Die stockende, schneckengetriebeartige Diktion imitiert die verzweifelte Hoffnung auf den Schreibimpuls, die vergebliche Kraftanstrengung, die sinnlos verrinnende Zeit und die Tatsache, daß ein richtiger Dichter eben nichts anderes kann als dichten. Die Situation ist zum Heulen und saukomisch. Die Komik entsteht durch Kito Lorenc' Lakonie, also dadurch, daß er etwas nicht ausschmückt oder kommentiert, sondern es kurz, bündig und treffend gesagt wird.

Ich weiß eine große Geschichte,
Die Meisten fühlen sie nur:
Das Leben ist ein Gedichte
– und oft eine schwere Kur. –
Verschieden sind ja Gedichte,
Das eine rosig und licht,

Das andere hat Bleigewichte,
Und macht ein bittres Gesicht.

Friederike Kempner

Mit diesem streng formulierten Statement schwingt sich noch einmal die »schlesische Nachtigall« in die höchste Höhe der Poetologie. Sie weiß *eine große Geschichte* und weiß auch, daß die meisten anderen sie nicht wissen, allenfalls *fühlen*. Was mit *Geschichte* gemeint ist, bleibt unklar. Wichtiger als der Wortinhalt ist für Friederike Kempner der Reim, der bei ihr immer ein reiner sein muß. Da *Geschichte* ein »e« zu viel hat, um mit »Gedicht«, bzw. »*Gedicht*« ein »e« zu wenig hat, um mit *Geschichte* zusammenzuklingen, hängt die Kempner was fehlt einfach an. Genauso gut hätte sie *Geschichte* zu »Geschicht« kürzen können. Interessant auch der Reim, der ihr zum Wörtchen *nur* eingefallen ist, nämlich: *Kur*. Bevor ich darüber grübeln kann, warum denn das *Leben* ein *Gedichte* und eine *schwere Kur* sein soll, folgt – in kühnem Gedankensprung – die Feststellung, daß Gedichte ja *verschieden* sind. Dem kann ich nicht widersprechen. Auch wenn es ein wenig mit der Grammatik hapert, die Kempner stellt klar: es gibt *rosige* und *lichte* Gedichte und welche mit *Bleigewichten*. Besser kann man es nicht sagen. Mit dem Vergleich, daß ein so beladenes Gedicht auch noch ein *bittres Gesicht* macht, erreicht sie den Gipfel der Pointenkunst.

ANHANG

NAMENSVERZEICHNIS

Achleitner, Friedrich – (*1930 Oberösterreich), österreichischer Architekt und Lyriker, Hauptvertreter des modernen Dialektgedichtes
Achmatowa, Anna – (*1889 bei Odessa – †1966 bei Moskau), russische Dichterin
Allert-Wybranietz, Kristiane – (*1955 Rehren/Weserbergland), Bestsellerlyrikerin
*Aristoteles – (*384 v. u. Z. Stageira – †322 v.u.Z. Chalkis), griechischer Philosoph und Dichtungstheoretiker
Artmann, H. C. – (*1921 Wien – †2000 Wien), österreichischer Lyriker
Ausländer, Rose – (*1901 Czernowitz/Bukowina – †1988 Düsseldorf), jüdische, deutsch- und englischsprachige Lyrikerin

Bachmann, Ingeborg – (*1926 Klagenfurt – †1973 Rom), österreichische Schriftstellerin
Baierl, Helmut – (*1926 Rumburg/Böhmen – †2005 Berlin), DDR-Schriftsteller, Dramaturg
Bartsch, Wilhelm (*1950 Eberswalde), Schriftsteller
Baumann, Hans – (*1914 Amberg – †1988 Murnau), Lyriker des Nationalsozialismus, nach 1945 Kinder- und Jugendbuchautor
Bayern, Mathilde von – (*1877 Lindau – †1906 Davos), bayerische Prinzessin
Benjamin, Walter – (*1892 Berlin – †1940 Portbou/Spanien), Philosoph, Literaturkritiker
Becher, Johannes. R. – (*1891 München – †1958 Berlin/Ost), expressionistischer Lyriker, Politiker
Benn, Gottfried – (*1886 Mansfeld/Brandenburg – †1956 Berlin/West), Dichter, Essayist, Arzt
Berthel, Gabriele – (*1948), Autorin von Gedichten und Aphorismen
Biskupek, Matthias – (*1950 Chemnitz), Schriftsteller, Literaturkritiker
Bobrowski, Johannes – (*1917 Tilsit – †1965 Berlin/Ost), Schriftsteller
Böttcher, Bas – (*1974 Bremen), Slam-Poet

Boldt, Paul – (*1885 Christfelde/Westpreußen – †1921 Freiburg), Lyriker des Expressionismus
Born, Nicolas – (*1937 Duisburg – †1979 Breese/Marsch) Schriftsteller
Bossert, Rolf – (*1952 Resita/Rumänien – †1986 Frankfurt/Main), deutscher Schriftsteller aus dem rumänischen Banat
Brasch, Horst – (*1922 Berlin – †1989 ebenda), SED-Parteifunktionär, stellvertretender Kulturminister der DDR, Vater von Thomas Brasch
Brasch, Thomas – (*1945 Westow, England – †2001 Berlin), Schriftsteller
Braun, Volker – (*1939 Dresden), Schriftsteller
Brecht, Bertolt – (*1898 Augsburg – †1956 Berlin/Ost), Dramatiker, Lyriker
Brinkmann, Hans – (*1956 Freiberg/Sachsen), Lyriker
Britting, Georg – (*1891 Regensburg – †1964 München), Schriftsteller
Brockes, Barthold Hinrich – (*1680 Hamburg – †1747 ebenda), Lyriker der Frühaufklärung
Büchner, Georg – (*1813 Goddelau/Hessen – †1837 Zürich), Schriftsteller des Vormärz, Naturwissenschaftler
Bühler, Franz Karl – (*1864 Offenburg – †1940 KZ Grafeneck), Kunstschmied, psychiatrischer Patient bei Hans Prinzhorn
Bumillo / Christian Bumeder – (*1981 Rosenheim), Slam-Poet
Busch, Wilhelm – (*1832 Wiedensahl – †1908 Mechthausen), Dichter und Zeichner
Busta, Christine – (*1915 Wien – †1987 ebenda) österreichische Lyrikerin

Catull(us), Gaius Valerius – (*ca. 87 Verona – †ca. 54 v. u. Z.), römischer Dichter
Ceausescu, Nicolae – (*1918 Scosocesti – †1989 Targoviste), neostalinistischer Diktator Rumäniens
Claudius, Matthias – (*1740 Reinfeld/Holstein – †1815 Hamburg), Lyriker

Delius, Friedrich Christian – (*1943 Rom), Schriftsteller
Dencker, Klaus-Peter – (*1941 Lübeck), Autor visueller Poesie, Medienwissenschaftler
Domin, Hilde – (*1909 Köln – †2006 Heidelberg), Schriftstellerin
Dostojewski, Fjodor – (*1821 Moskau – †1881 St.Petersburg), russischer Schriftsteller
Drawert, Kurt – (*1956 Hennigsdorf), Schriftsteller

Eich, Günter – (*1907 Lebus – †1972 Salzburg), Lyriker
Enzensberger, Hans Magnus – (*1929 Kaufbeuren), Lyriker, Essayist, Herausgeber

Erb, Elke – (*1938 Scherbach/Eifel), Lyrikerin, Übersetzerin
Erhardt, Heinz – (*1909 Riga – †1979 Hamburg), humoristischer Lyriker
Eysler, Robert – (1874 Wien – †1931), österreichischer Lyriker und Dramatiker

Fontane, Theodor – (*1819 Neuruppin – †1898 Berlin), Schriftsteller und Apotheker
Fried, Erich – (*1921 Wien – †1988 Baden-Baden), österreichischer Lyriker und Essayist
Friedrich II, – (*1712 Berlin – †1786 Potsdam), König von Preußen
Freud, Sigmund – (*1856 Freiberg/Mähren – †1939 London), österreichischer Neurologe, Begründer der Psychoanalyse
Fuchs, Günter Bruno – (*1928 Berlin – †1977 ebenda), Lyriker, Grafiker
Fühmann, Franz – (*1922 Rochlitz/Böhmen – †1984 Berlin/Ost), Schriftsteller

Gerhardt, Paul – (*1607 Gräfenhainichen/Sachsen – †1676 Lübben), evangelischer Theologe, Kirchenlieddichter
Gernhardt, Robert – (*1937 Tallin/Estland – †2006 Frankfurt/Main), Lyriker, Zeichner
Goethe, Johann Wolfgang – (*1749 Frankfurt/Main – †1832 Weimar), Schriftsteller
Goebbels, Joseph – (*1897 Rheydt – †1945 Berlin), engster Vertrauter Hitlers
Gomringer, Eugen – (*1925 Bolivien), schweizer Lyriker, gilt als Begründer der konkreten Poesie
Gorbatschow, Michael – (*1931 Kaukasus), russischer Politiker
Gosse, Peter – (*1938 Leipzig) Lyriker, Essayist
Greßmann, Uwe – (*1933 Steinbach/Hallenberg – †1963 Berlin/Ost), Lyriker
Grün, Anselm – (*1945 Junkershausen), Benediktinerpater, Autor spiritueller Literatur
Grünbein, Durs – (*1962 Dresden), Lyriker, Essayist
Grüneberger, Ralph – (*1951 Leipzig) Lyriker
Günther, Anton – (*1876 Gottesgab/Böhmen – †1937 ebenda), erzgebirgischer Volksdichter und Sänger

Hacks, Peter – (*1928 Breslau – †2003 Groß Machnow), Schriftsteller
Haufs, Rolf – (*1935 Düsseldorf – †2013 Berlin), Lyriker
Hebel, Friedrich – (*1813 Wesselburen – †1863 Wien) Lyriker, Dramatiker

Heine, Heinrich – (*1797 Düsseldorf – †1856 Paris), Lyriker, Journalist
Hesse, Hermann – (*1877 Calw – †1962 Montagnola/Schweiz), Schriftsteller und Maler
Heyse, Paul – (*1830 Berlin – †1914 München), Schriftsteller
Hitler, Adolf – (*1889 Braunau – †1945 Berlin), Diktator, Massenmörder
Hoddis, Jakob van – (*1887 Berlin – †1942 Vernichtungslager Sobibór/Polen), expressionistischer Lyriker
Hoffmann, Friedrich – (*1914–†1974) Kinderbuchautor
Hölderlin, Friedrich – (*1770 Lauffen/Neckar – †1843 †Tübingen) Schriftsteller
Holländer, Friedrich – (*1896 London – †1976 München), Revuekomponist, Kabarettist
Homer – (wahrscheinlich 8. Jhr. v. C.) vermutlicher Autor der Illias und Odyssee
Honecker, Erich – (*1912 Neunkirchen/Saar – †1994 Santiago de Chile), kommunistischer Politiker, Staatsratsvorsitzender der DDR
Horaz – (*65 v. u. Z. Venusia – †8 v. u. Z.) römischer Dichter
Huchel, Peter – (*1903 bei Berlin – †1981Staufen), Schriftsteller, Redakteur
Hummelt, Norbert – (*1962 Neuss), Lyriker, Essayist

Jandl, Ernst – (*1925 Wien – †2000 ebenda), österreichischer Lyriker und Essayist
Janz, Angelika – (*1952 Düsseldorf), Künstlerin, experimentelle Autorin
Joplin, Janis – (*1943 Texas – †1970 Los Angeles), US-amerikanische Sängerin

Kaléko, Mascha – (*1907 Chrzanów (Galizien, heute Polen) – †1975 Zürich), jüdische deutschsprachige Lyrikerin der »neuen Sachlichkeit«
Kant, Immanuel – (*1724 Königsberg – †1804 ebenda), deutscher Philosoph der Aufklärung
Kästner, Erich – (*1899 Dresden – †1974 München) Schriftsteller
Kempner, Friederike – (*1828 Provinz Posen – †1904 Reichental/Schlesien), berühmteste Dichterin der unfreiwilligen Komik
Kirsch, Rainer – (*1934 Döbeln), Schriftsteller
Kirsch, Sarah – (*1935 Limlingerode – †2013 Heide/Holstein), Schriftstellerin
Kiwus, Karin – (*1942 Berlin), Lyrikerin
Kling, Thomas – (*1957 Bingen – †2005 Dormagen), sprachexperimenteller Lyriker

Klopstock, Friedrich Gottlieb, (*1724 Quedlinburg – †1803 Hamburg) Schriftsteller
Kolbe, Uwe – (*1957 Berlin/Ost), Lyriker
Kramer, Theodor – (*1897 Niederhollabrunn – †1958 Wien), österreichischer Lyriker
Kratschmer, Edwin – (*1931 Komotau/Böhmen), Literatur- und Kunstwissenschaftler der DDR
Krüss, James – (*1926 Helgoland – †1997 Gran Canaria), Kinderbuchautor
Kruppa, Hans – (*1952 Marl/Westfalen) – Lyriker
Kuhligk, Björn – (* 1975 Berlin), Schriftsteller
Kunert, Günter – (*1929 Berlin), Schriftsteller

Lavant, Christine – (*1915 St. Stefan/Kärnten – †1973 Wolfsberg/Kärnten), österreichische Schriftstellerin
Löns, Hermann – (*1866 Culm/Westpreußen – †1914 in der Nähe von Reims), Natur- und Heimatdichter
Lorenc, Kito – (*1938 Schleife), deutsch-sorbischer Lyriker
Luther, Martin – (*1483 Eisleben – †1546 ebenda), Theologe und Lehrer der Reformation

Marx, Karl – (*1818 Trier – †1883 London), Philosoph, Nationalökonom
Mayröcker, Friederike – (*1924 Wien), österreichische Schriftstellerin
Mickel, Karl – (*1935 Dresden – †2000 Berlin), Schriftsteller
Miegel, Agnes – (*1879 Königsberg – †1964 Bad Salzuflen), ostpreußische Schriftstellerin
Minetti, Hans-Peter – (*1926 Berlin – †2006 Cheb), Schauspieler, Parteifunktionär der DDR
Mucke, Dieter – (*1936 Leipzig), Lyriker, Kinderbuchautor
Mühsam, Erich – (*1878 Berlin – †1934 KZ Oranienburg), Dichter, Anarchist
Müller, Heiner – (*1929 Eppendorf/Sachsen – †1995 Berlin), Dramatiker, Lyriker
Müller, Herta – (*1953 Nitzkydorf/Rumänien), rumänendeutsche Schriftstellerin
Müller, Inge – (*1925 Berlin – †1966 Berlin/Ost), Lyrikerin, Dramatikerin, 2. Ehefrau von Heiner Müller
Müller, Wilhelm- (*1794 Dessau – †1827 ebenda), Dichter der Romantik

Napoleon Bonaparte – (*1769 Ajaccio – †1821 St. Helena), französischer General, Kaiser

Nero, Claudius Caesar – (*37 Antium – †68 Rom), Feldherr, Kaiser des römischen Reiches

Opitz, Martin – (*1597 Bunzlau – †1639 Danzig), Dichter des Barock

Papenfuß, Bert – (*1956 Stavenhagen), Lyriker, DDR-Punktexter
Pastior, Oskar – (*1927 Hermannstadt – †2006 Frankfurt/Main), rumänendeutscher Lyriker/Lautpoet
Paul, Jean – (*1763 Wunsiedel – †1825 Bayreuth), Schriftsteller
Petrarca, Francesco – (*1304 Aresso – †1374 Arqua Petrarca), italienischer Dichter und Geschichtsschreiber
Pieck, Wilhelm – (*1876 Guben – †1960 Berlin/Ost), Politiker, Präsident der DDR
Pietraß, Richard – (*1946 Lichtenstein/Sachsen) Lyriker
Poe, Edgar Allen – (*1809 Boston – †1849 Baltimore), amerikanischer Schriftsteller
Prinzhorn, Hans – (*1886 Heme/Westfalen – †1933 München), Psychiater und Kunsthistoriker

Raddatz, Fritz J. – (*1931 Berlin) Schriftsteller, Feuilletonist
Rautenberg, Arne – (*1967 Kiel) Lyriker
Rilke, Rainer Maria – (*1875 Prag – †1926 Valmont/Schweiz), Schriftsteller
Ringelnatz, Joachim – (*1883 Wurzen – †1934 Berlin), Schriftsteller, Kabarettist
Rosenlöcher, Thomas – (*1947 Dresden), Lyriker, Essayist
Rühm, Gerhard – (*1930 Wien), österreichischer Künstler
Rühmkorf, Peter – (*1929 Dortmund – †2008 Roseburg/Lauenburg), Schriftsteller

Sachs, Hans – (*1494 Nürnberg – †1576 ebenda), Meistersinger, Dramatiker
Sachs, Nelly – (*1891 Schöneberg/Berlin – †1970 Stockholm), jüdische Lyrikerin
Saalmann, Günter – (*1936 Waldbröl/Rheinland), Kinderbuchautor, Jazzposaunist
Sayer, Walle – (*1960 Bierlingen), Schriftsteller
Scherenberg, Ernst – (*1839 Swinemünde – †1905 Eisenach), patriotischer Lyriker der Kaiserzeit
Schiller, Friedrich – (*1759 Marbach – †1805 Weimar), Dichter und Philosoph

Schmidt, Kathrin – (*1958 Gotha), Schriftstellerin

Schramm, Arthur – (*1895 Annaberg – †1994 ebenda), erzgebirgischer Volksdichter, Erfinder

Schubert, Franz – (*1797 Wien – †1827 ebenda), österreichischer Komponist

Seume, Johann Gottfried – (*1763 Poserna – †1810 Teplitz/Böhmen), Schriftsteller

Shakespeare, William – (*1564 Stratford-upon-Avon – †1616 ebenda), englischer Lyriker und Dramatiker

Smith, Marc Kelly – (*1949 Chicago), US-amerikanischer Dichter, Gründer der Poetry-Slam-Bewegung

Stalin, Wissarionowitsch – (*1879 Gori/Georgien – †1953 bei Moskau), sowjetischer Diktator

Stolterfoht, Ulf – (*1963 Stuttgart), Lyriker, Sprachwissenschaftler

Storm, Theodor – (*1817 Husum – †1888 Hanerau-Hanemarsch), Schriftsteller

Strabo, Walahfrid – (*808 – †849), Benediktiner, Dichter und Botaniker in Reichenau am Bodensee

Strittmatter, Eva – (*1930 Neuruppin – †2011 Berlin), Lyrikerin

Straus, Oskar – (*1870 Wien – †1954 Bad Ischl) österreichischer Operettenkomponist

Struzyk, Brigitte – (*1946 Steinbach/Hallenberg), Schriftstellerin

Tandler, Max – (*1895 Böhmisch-Zinnwald – †1982 Forchheim), erzgebirgischer Mundartdichter

Tellkamp, Uwe – (*1968 Dresden), Arzt und Schriftsteller

Tucholsky, Kurt – (*1890 Berlin – †1935 Göteborg), Schriftsteller, Journalist

Trakl, Georg – (*1887 Salzburg – †1914 gefallen in Krakau), österreichischer Dichter des Expressionismus

Ulbricht, Walter – (*1893 Leipzig – †1973 Groß Dölln), DDR-Politiker

Veen, Herman van – (*1945 Utrecht), niederländischer Sänger und Liedtexter

Vergil – (*70 v.C. Mantua – †19 v.C. Brindis), römischer Dichter

Wagner, Christian – (*1835 Warmbronn – †1918 ebenda), Kleinbauer und Lyriker

Wagner, Jan – (*1971 Hamburg), Lyriker

Wagner, Richard – (*1813 Leipzig – †1883 Venedig), Komponist, Lyriker
Walser, Robert – (*1887 Biel – †1956 Herisau), Schweizer Schriftsteller
Weinert, Erich – (*1890 Magdeburg – †1953 Berlin/Ost), Schriftsteller
Wiesner, Hyacinth Freiherr von – (*1883 Wien – ?), österreichischer Jurist, Künstler, psychiatrischer Patient bei Hans Prinzhorn
Winkler, Ron – (*1973 Jena), Lyriker
Wyssotzki, Wladimir – (*1938 Moskau – †1980 ebenda), sowjetischer Schauspieler und Sänger

Zedong, Mao – (*1893 Shaoshan – †1976 Peking), chinesischer Diktator

KLEINES GLOSSAR

Alexandriner: sechfüßiger jambischer gereimter Vers mit Zäsur nach dem 3. Versfuß, in Europa besonders beliebt im 17. Jahrhundert

Alliteration: Gleichklang von Lauten (Stabreim)

Avantgarde: Vorhut, Gruppe von Vorkämpfern für eine Idee bzw. künstlerische Richtung

Blankvers: reimloser fünffüßiger jambischer Vers

Bitterfelder Weg: Programm zur Entwicklung einer »sozialistischen Nationalkultur« in der DDR, verkündet auf der 1. Bitterfelder Konferenz 1959. Der B. W. sollte die Unterschiede zwischen Berufs- und Laienkunst verwischen, indem die Schriftsteller oder Künstler direkt in der Produktion arbeiteten, ihre Werke den Arbeitern zur Beurteilung vorlegten und diese anleiteten, selbst künstlerisch tätig zu sein. (»Greif zur Feder, Kumpel!«)

Epigone: Künstler, der einen Stil unschöpferisch nachahmt.

Gstanzl: bayerisch-österreichische satirische Liedform, gereimter Vierzeiler

Haiku: traditionelle japanische Gedichtform, bestehend aus 3 Zeilen und 17 Silben, eine Art naturbezogenes Epigramm.

Hexameter: antike Versform bestehend aus 6 Versfüßen (5 Daktylen, 1 Spondeus bzw. Trochäus), reimlos.

Jambus: Versfuß aus einer starken (betonten) und einer schwachen (unbetonten) Silbe.

Knittelvers: vierfüßiger, paarweise gereimter Vers mit regelmäßiger oder unregelmäßiger Taktfüllung

Metrum: Versmaß. Wird bestimmt nach Anzahl der Versfüße/Takte im Vers.

Neologismus: Wortneubildung

Rotwelsch: Gaunersprache, Jargon der Landstreicher

Sonett: (ital.: sonett = kleiner Tonsatz) klassische Gedichtform, bestehend aus 14 gereimten oder ungereimten Versen (2 Quartette, 2 Terzette).

Transzendenz: das über Erfahrung und sinnliche Wahrnehmung Hinausgehende

WEITERFÜHRENDE LEKTÜRE (Auswahl)

Die Hölderlinameisen, Vom Finden und Erfinden der Poesie – Hg. M. Enzensperger, DuMont Verlag, Köln 2005
Die Maßgaben der Kunst, Essays – P. Hacks, Edition Nautilus, Hamburg 1996
Deutsche Verslehre – E. Arndt, Verlag Volk und Wissen, Berlin 1986
Gelehrtenrepublik, Beiträge zur deutschen Dichtungsgeschichte – K. Mickel, Mitteldeutscher Verlag, Halle / S. 2000
Die Erfindung der Poesie – R. Schrott, Eichborn Verlag, Frankfurt am Main 1997
Helm aus Phlox, Zur Theorie des schlechtesten Werkzeugs – A. Cotten, D. Falb, H. Jackson, S. Popp, M. Rinck – Merve Verlag, Berlin 2011
Kitsch, Konvention und Kunst, eine literarische Streitschrift – K. Drescher, Paul List Verlag, München 1957
Lyrik nervt – A. Thalmayr, Carl Hanser Verlag, München 2004
Mein Gedicht ist mein Messer, Lyriker zu ihren Gedichten – H. Bender, Paul List Verlag, München 1961
Ordnung im Spiegel, Essays – R. Kirsch, Reclam Verlag, Leipzig 1991
Schachtelhalme, Schriften zur Poetik und Literatur – P. Rühmkorf, Rowohlt Verlag, Reinbek 2001
Schreiben. Vom Leben der Texte – K. Drawert, C. H.Beck, München 2012
Über Politische Lyrik im 20. Jahrhundert – A. Schöne, Vandenhoeck & Ruprecht, Göttingen 1965
Was vermag Lyrik? – G. Maurer, Verlag Ph. Reclam, Leipzig 1982
Wie Gedichte entstehen – N. Hummelt, K. Siblewski – Luchterhand Verlag, München 2009
Worttreffen, Poesie und Positionen – Hg. Gesellschaft für zeitgenössische Lyrik, edition kunst & dichtung, Leipzig 2011

INHALTSVERZEICHNIS

Vorwort 9

TEIL 1 13

Zündungen 15
Ratio und Rätsel 20
Ohrenfälliges: der Reim 27
Gebunden frei sein 34
Vom Springen und Wenden 38
Bilderwerkstatt 43
Was gebraucht wird 47
Nebelkrähe – Ausflüge und Ausflüchte 51
Bedeutung und Deutung: Goethe gedreht 64
Kühler Kopf und heißer Draht 67
Vibrierende Existenzen 71
Das verspielte Papier 73

TEIL 2 77

Ein Knochen für Mama (Kunst & Kitsch) 81
Ich zwitschere einen mit meinem Schnabel (Naturlyrik) 90
Des Morgens nüchterner Abschied (Lyrik & Liebe) 116

Wo Gottvater wie ein Werwolf haust
(Gott & Gedicht) 124
So koch ich heute schmor ich morgen
(Märchen & Mythen) 138
Ängstchen und Weltuntergängelchen
(Poesie & Politik) 143
Sind sie nicht pfui teuflich anzuschauen?
(Lyrik & Lachen) 162
Die deppernde oede frau dood
(Mundart im Gedicht) 179
PF PF PFLO K N (Aus der
Spielkiste der Poesie) 186
Grenzübergänge. Zwischennotiz
(das gespielte Gedicht) 194
Argh! Ich könnt Rasierklingen kotzen
(Poetry slam) 201
Fest im Griff alter Mauern (Vers & Tradition) 205
Untenrum mit Huschelwar' (Gedichte für Kinder) 214
Das Leben ist ein Gedichte (Gedichtgedichte) 219

ANHANG 225

Namensverzeichnis 227
Kleines Glossar 235
Weiterführende Lektüre (Auswahl) 236
Dank 239

DANK

Für die Geduld und kritische Unterstützung danke ich: Dr. Birgit Dahlke, Karlkurt Köhler, Marianne Mühlichen, Sabine Peters und Doris Tschierschky.

[illegible] [illegible] [illegible] [illegible] [illegible] [illegible]
[illegible] [illegible] [illegible]. Und man
[illegible] sagen: Es ist, das ~~kleinste~~,
auf dem [illegible] nicht [illegible] [illegible] der
[illegible] des kleinste, [illegible],
[illegible]. Und [illegible], [illegible]
allem, das: Schritte.
Warum. Die Kunst ist selbst ein [illegible].
[illegible]. Und was in solchen [illegible], das
Part, dort.
Sie [illegible] nicht [illegible] will. Sie [illegible]-
[illegible] sich [illegible]. [illegible] [illegible] als [illegible]
[illegible]. Man begreift [illegible] [illegible]

—

[illegible] – [illegible]. – Ende Machs